CATALOGUE

DES

LIVRES ET ESTAMPES

COMPOSANT LA BIBLIOTHÈQUE

De Feu M. A. G*** (de Nantes).

PREMIÈRE PARTIE

BEAUX-ARTS. — ESTAMPES. — CARICATURES.
MODES ET COSTUMES. — OUVRAGES A FIGURES.
LIVRES ILLUSTRÉS DU XIXe SIÈCLE. — THÉATRE.
ICONOGRAPHIE DRAMATIQUE. — COSTUMES ET
PORTRAITS D'ACTEURS ET D'ACTRICES.
HISTOIRE DE PARIS. — MŒURS ET ICONOGRAPHIE
PARISIENNES. — ETC., ETC.

VENTE AUX ENCHÈRES PUBLIQUES
Le Mercredi 30 Mars, Jeudi 31 Mars;
Vendredi 1er Avril et Samedi 2 avril 1887
HOTEL DES COMMISSAIRES PRISEURS,
RUE DROUOT, SALLE N° 3 (AU PREMIER ÉTAGE).
à 2 heures précises du soir
Par le Ministère de Mr Maurice DELESTRE, Commissaire-Priseur,
27, rue Drouot, 27.
Assisté de M. A. CLAUDIN, Libraire-Expert et Paléographe.

PARIS
A. CLAUDIN, LIBRAIRE-EXPERT ET PALÉOGRAPHE
3, Rue Guénégaud, (près le Pont-Neuf).

M.D.CCC.LXXXVII

DOLE. — TYP. CH. BLIND.

CATALOGUE

DE LA

BIBLIOTHÈQUE DE M. A. G***

(De Nantes).

PREMIÈRE PARTIE

VENTE DU 30 MARS AU 2 AVRIL 1887

à 2 heures de l'après-midi

HOTEL DES COMMISSAIRES-PRISEURS

Rue Drouot, Salle n° 3, au Premier

Par le Ministère de Me Maurice DELESTRE, Commissaire-Priseur.

27, Rue Drouot, 27,

ASSISTÉ DE M. A. CLAUDIN

Libraire-Expert et Paléographe, Lauréat de l'Institut.

EXPOSITION CHAQUE JOUR DE VENTE

A UNE HEURE

CATALOGUE

DES

LIVRES ET ESTAMPES

COMPOSANT LA BIBLIOTHÈQUE

De Feu M. A. G* (de Nantes).**

PREMIÈRE PARTIE

BEAUX-ARTS. — ESTAMPES. — CARICATURES.
MODES ET COSTUMES. — OUVRAGES A FIGURES.
LIVRES ILLUSTRÉS DU XIXe SIÈCLE. — THÉATRE.
ICONOGRAPHIE DRAMATIQUE. — COSTUMES ET
PORTRAITS D'ACTEURS ET D'ACTRICES.
HISTOIRE DE PARIS. — MŒURS ET ICONOGRAPHIE
PARISIENNES. — ETC., ETC.

PARIS
A. CLAUDIN, LIBRAIRE-EXPERT ET PALÉOGRAPHE
3, Rue Guénégaud, (près le Pont-Neuf).

M.D.CCC.LXXXVII

CATALOGUE

DE

LA BIBLIOTHÈQUE

De Feu M. A. G** (de Nantes).

PREMIÈRE PARTIE

BEAUX-ARTS. — ESTAMPES. — CARICATURES.
MODES ET COSTUMES. — OUVRAGES A FIGURES.
LIVRES ILLUSTRÉS DU XIXe SIÈCLE, ETC., ETC.

1. — ADAM (Victor). Mémorables journées de 1830, faits historiques (27, 28 et 29 juillet), rec. et lithogr. par V. Adam, accomp. d'un texte par P. J. Charrin. *Paris*, 1830, in-fol. obl., nombr. lithogr., en livraisons, couverture illustr.

2. — ADAM (V.). Mémorables journées de 1830, faits historiques, rec. et lithogr., accomp. d'un texte franç. et angl., par P. J. Charrin. *Paris*, 1830. — Bretagne, choix de costumes, dess. et lithogr. par H. Lalaisse. *Nantes*, *Charpentier*, s. d. — 2 ouvr. en 1 vol. in-fol. obl., nombr. pl., dem.-rel. v. — Révolution de Paris, 1830, plan figuratif des barricades, etc., publ. par Ch. Motte. *Paris*, *Motte*, s. d., plan in-fol. en 12 feuilles, avec la couverture.

3.— ADAM (V.). Recueil de 15 lithographies cont. chacune 9 sujets et un portr. en médaillon, pour servir à illustrer les œuvres de Béranger, Balzac, Lamartine, A. Dumas, J. Janin, Byron, W. Scott, etc., et divers opéras, publ. chez Bourmancé et Bulla à Paris. In-4, en feuilles.

4. — ADAM (V.). Album de Sainte Pélagie, 12 scènes dess. et lithographiées d'après nature. *Paris, Morlot*; album de 12 pl. in-fol. obl., couverture illustrée. — Petits croquis de chasse; Voitures françaises; Les plaisirs de l'équitation, etc., suite de 19 pl. et autres pièces. — Ens. 1 album et 22 pl. in-fol.

5. — ALBUM COSMOPOLITE, choix de sujets, paysages, scènes de mœurs, marines, etc., par les principaux artistes de l'Europe et de l'Amérique, texte et fac-simile d'autographes de souverains, artistes, etc., extraits des collections de Alex. Vattemare. *Paris*, 1848, in-4, nombr. pl. par Raffet, Ch. Jacque, etc., fac-simile d'autogr., br.

6. — ALBUM DU BON BOCK (pièces en vers et en prose, chansons, etc., par Coquelin Cadet, Léonce Petit, gén. Crémer, T. Révillon, etc.). (*Paris*), 1875, in-4, texte autographié, nombr. vignettes, cart.

7. — ALMANACHS DE GOTHA. *Gotha*, 1781, 1797 et 1798, 3 années ou vol. in-16, le premier en allemand, les deux autres en français, cont. chacun 12 pl. de coiffures, de modes, etc., d'après Chodowiecki, cart., tr. dor.

8. — ALMANACH DE LA COUR, de la ville et des départements pour l'année 1812. *Paris*, 1812, in-16, avec de jolies gravures, mar. r., fil., tr. dor., dans un étui.

9. — ALMANACH DES MODES, suivi de l'annuaire des modes. *Paris*, 1817, in-18, front. et figures col., mar. citron, dent., tr. dor. — Petites étrennes récréatives de la mode, par G. Chavelin. *Paris*, 1821, in-18, front. et figures par V. Adam, mar. r., dent., tr. dor. — Ens. 2 vol.

10. — ALMANACH DE LA SOCIÉTÉ DES AQUA-FORTISTES, par A. de Boret et Ulm. *Paris*, 1865

et 1866, 2 vol. in-4, avec 13 eaux-fortes chacun, y compris le titre, rel. percal., angl. plats dorés.

11. — AMSTERDAM ET VENISE, par H. Havard. *Paris*, 1876, gr. in-8, pap. vél., avec 7 eaux-fortes de L. Flameng et Gaucherel et 124 grav. sur bois dans le texte, br.

12. — ANGLAIS PEINTS PAR EUX-MÊMES (Les), par les sommités littéraires de l'Angleterre, trad. par E. de Labédollière. *Paris*, *Curmer*, 1841, 2 vol. gr. in-8, vignettes dans le texte, fig. hors texte sur pap. teinté, grav. sur bois d'après les dessins de Kenny Meadous, dem.-rel. mar. vert, tr. dorées.

13. — APULÉE. L'Ane d'or ou la métamorphose, trad. par Savalète. *Paris*, *Didot*, 1872, gr. in-8, texte encadré d'une dentelle en noir et de filets rouges, avec de nombreuses fig. dessinées par Racinet et Bénard, br., couvert. en couleur.

14. — ARMENGAUD. Les Galeries publiques de l'Europe, Italie, Gênes, Milan, Parme, Venise, Bologne, Florence, Naples, Pompéï. *Paris*, 1862, gr. in-4, pap. vélin, figures, dem.-rel. mar. r., tr. sup. dorée, non rogn.

15. — ARMENGAUD (J. G.). Les Reines du monde, par nos premiers écrivains. *Paris*, 1862, gr. in-4, avec fig. dans le texte, dem.-rel. mar. r., tr. sup. dorée, non rogn.

16. — ART DE TOURNER, ou de faire en perfection toutes sortes d'ouvrages au tour, ouvrage très curieux et très nécessaire à ceux qui s'exercent au tour, par le R. P. Ch. Plumier. *Paris*, 1701, in-fol., texte latin et français en regard, orné de près de 80 planch. grav., v. brun.

17. — ART (L') ET L'INDUSTRIE DE TOUS LES PEUPLES à l'Exposition Universelle de 1878, description illustrée des Merveilles du Champ-de-Mars et du Trocadéro, par les écrivains spéciaux

les plus autorisés. *Paris*, 1879, in-4, orné de nombreuses grav. dans le texte, br.

18. — ART ANCIEN (L'), l'art moderne à l'Exposition de 1878, texte par E. de Beaumont, Bonaffé, Darcel, B. Fillon, P. Mantz, etc., gravures par Jacquemart, Gaillard, Garnier, Le Rat, etc., publ. par L. Gonse. *Paris*, *Quantin*, 1879, 2 vol. in-4, pap. vélin, nombreuses figures dans le texte et 45 eaux-fortes sur pap. de Holl. hors texte, br., couv. illustrées.

19. — ARTISTE (L'), journal de la littérature et des beaux-arts. *Paris*, 1831, 1re année à 1847, 17 années en 37 vol. in-4, avec fig. et eaux-fortes, les 23 prem. vol. en dem.-rel. v. fauve, les 14 derniers en dem.-rel. bas. r., non rogn.

20. — ARTS SOMPTUAIRES (Les), histoire du costume et de l'ameublement et des arts et industries qui s'y rattachent, introduction générale et texte explicatif par Ch. Louandre, dessins de C. Ciappori, impressions en couleur par Hangard-Maugé. *Paris*, 1857, 2 vol. de texte et 2 vol. de planches, in-4, br.

21. — ATALA, par de Chateaubriand, avec les dessins de G. Doré. *Paris*, 1863, in-fol., figures en tête des chapitres et 30 grandes planches hors texte, percal. anglaise, non rogn.

22. — AUTOGRAPHE (L'), événements de 1870-1871, introduction par J. Janin, préface par Alph. Karr. *Paris*, 1871-1872, 2 vol. in-fol. obl. avec autographes, dessins et portraits, rel. percal. anglaise. — L'autographe. *Paris*, 1864. — L'autographe au Salon de 1865. — 2 part. en 1 vol. in-fol. obl., dem.-rel.

23. — AUTREFOIS OU LE BON VIEUX TEMPS, types français du XVIIIe siècle, texte par P. Audebrand, Roger de Beauvoir, Paul Lacroix, A. Second, etc., vignettes par T. Johannot, Fragonard,

Gavarni, etc. *Paris, s. d.* (vers 1845), gr. in-8, fig. dans le texte et hors texte, dem.-rel. bas. viol. (*Taches de rousseur dans le papier*).

24. — AVENTURES DU CHEVALIER DE FAUBLAS, par Louvet de Couvray, avec une notice par Philipon de La Madeleine. *Paris, Mallet*, 1842, 2 vol. gr. in-8, avec 300 figures de Baron, Français et C. Nanteuil, dem.-rel. bas. bleue. (*Taché à la marge sup. du tome Ier*).

25. — AVENTURES DE ROBINSON CRUSOÉ, par Daniel de Foë, trad. nouvelle. *Paris*, 1840, gr. in-8, fig. de Grandville, d.-rel., dos et coins de v. violet.

26. — BALZAC (H. de). La peau de chagrin. Etudes sociales. *Paris, Delloye*, 1838, gr. in-8, avec fig. dans le texte, d.-rel., dos et coins de mar. violet, tr. dor.

On a joint à cet exemplaire deux portraits de femmes tirés à part sur papier de Chine.

27. — BALZAC (H. de). Petites misères de la vie conjugale, illustrées par Bertall. *Paris, Chlendowski, s. d.* (1845), gr. in-8, jésus vélin, avec 300 dessins sur bois, dont 50 tirés à part, rel. percal. anglaise, dos et plats ornés, tr. dor. (*Rel. de l'éditeur*).

28. — BALZAC. Œuvres illustrées, dessins de T. Johannot, Daumier, Staal, Bertall, etc. *Paris*, 1854, 4 vol. in-4, fig. dans le texte, dem.-rel. bas.

29. — BALZAC (H. de). Les Contes drôlatiques colligez ez abbayes de Touraine, et mis en lumière pour l'esbattement des pantagruellistes et non aultres, édit. illustrée de 425 dessins de G. Doré. *Paris, à la Société générale de librairie*, 1855, fort vol. pet. in-8, br., couv. impr.

Première édition illustrée par G. Doré.

30. — BAUDOUIN (d'après P. A.). Le jardinier galant, gravé en 1768 par Helman. *Paris, chés* (sic) *l'auteur et chés Choffard*, une pièce in-fol.

Bonne épreuve, avec grande marge. — Cassure dans la marge supérieure. — Quelques taches de rousseur.

31. — BAUDOUIN (D'après P.-A.). Le Matin. — Le Midi. — Le Soir. — La Nuit. — Suite de 4 pièces pet. in-fol. gravées par De Ghent, à l'adresse de De Ghent et Desmarest, à Paris.

32. — BAUDOUIN (D'après P.-A.). Le Curieux, pièce gravée par P. Maleuvre. *A Paris, chez l'auteur, rue des Mathurins.* — La Sentinelle en défaut. — L'Epouse indiscrète. *Paris, chez l'auteur.* 2 pièces grav. par De Launay. — L'Enlèvement nocturne, pièce grav. par N. Ponce. — Les Soins tardifs, gr. par Delaunay. — Ens. 5 pièces in-fol. (*Avec marge*).

Ce numéro pourra être divisé.

33. — BEAUTÉS (Les) DE LA FRANCE, par N. de Fer. *Paris, Danet,* 1724, in-fol. obl., titre gr., 8 plans de Paris et 57 pl. seules représent. des vues de Paris, des châteaux de France, etc., cart. (*Quelques lacunes*).

34. — BEAUX-ARTS (Les), illustration des arts et de la littérature (par V. Hugo, J. Janin, Th. Gautier, Méry, etc.). *Paris, Curmer,* 1844, 3 tom. en 2 vol. in-4, nombr. eaux-fortes et lith. par Gavarni, Ch. Jacque, et d'après Decamps, Delacroix, etc., la plupart sur Chine, chagr. r., fil., comp., tr. dor.

35. — BELLANGER (H.). Croquis lithographiques. *Paris,* 1823, gr. in-4 de 60 planches, dem.-rel. bas. r.

36. — BELLE ASSEMBLÉE (La), being Bell's court , and fashionable Magazine, adressed particulary to the ladies. *London,* from February 1806 to June 1810, and from January to June 30, 1813, en 10 vol. gr. in-8, figures color., v. racine.

37. — BÉRANGER. Œuvres complètes. *Paris,* 1834, 4 vol. avec 104 vignettes en taille-douce. — Supplément, ou chansons érotiques. *Paris,* 1834, 1 vol. — Ens. 5 tomes avec portraits, fac-simile et fig. en

4 vol. in-8, dem.-rel. dos et coins de mar. vert, non rog.

38. — BÉRANGER. Œuvres complètes. *Paris, Perrotin*, 1847-1858, 5 vol. gr. in-8, avec gravures de Charlet, Johannot, Daubigny, Pauquet, Raffet, etc., et musique gravée, dem.-rel. mar. Lavall., tr. sup. dorée, non rog.

39. — BÉRANGER. Chansons anciennes et posthumes. *Paris*, 1866, in-4, avec vignettes et 161 gravures dans le texte, br.

40. — BERTALL. La comédie de notre temps, la civilité, les habitudes, les mœurs, les coutumes, les manières et les manies de notre époque ; les enfants, les jeunes, les mûrs, les vieux ; l'hiver, le printemps, l'été, l'automne. Etudes au crayon et à la plume. *Paris, Plon*, 1874-1876, 3 vol. gr. in-8, avec de nombr. fig. dans le texte et hors texte, br.

41. — BERTALL. La Vigne ; voyage autour des vins de France, étude physiologique, anecdotique, historique, humoristique et même scientifique. *Paris*, 1878, gr. in-8, fig. dans le texte et hors texte, dem.-rel. mar. r., plats en toile, dos ornés, tr. dorées.

42. — BIJOUX INDISCRETS (Les) (par Diderot). *S. l.*, 1753, 2 vol. in-12, titres gravés et fig., v. marbr.

43. — BINET (Recueil de 280 figures de), pour les œuvres de Rétif de la Bretonne, dont 235 pour les *Contemporaines*, 28 pour le *Paysan perverti*, etc., in-12. (*Sans marges*).

44. — BLANC (Ch.). Grammaire des arts du dessin, architecture, sculpture, peinture. *Paris*, 1867, gr. in-8, pap. vélin, fig. dans le texte, br.

45. — BLANC (Ch.). L'art dans la parure et dans le vêtement. *Paris*, 1875, in-8, figures dans le texte, et costumes color., br.

46. — BOILLY (D'après). On nous voit. — Tu sauras ma pensée. — La douce résistance. — Etc. — Ens. 4 pièces in-fol., dont les deux premières grav. en largeur par Petit, et les deux dernières en hauteur par Bonnefoy, etc.

47. — BOILLY (D'après). Défends-moi. — La leçon conjugale. — Poussez-y ferme. — Ah! qu'il est sot! — Ens. 4 pièces in-fol., dont les deux dernières font pendant, gr. en largeur par Petit.

48. — BOILLY (D'après). Ça ira. — Ça a été. — 2 pièces in-fol. faisant pendant, grav. la première par Mathias, la seconde par Texier. (*Avec marge*).

49. — BOILLY. Scènes de famille. (*Paris*, 1826), 6 pièces, dont 3 *avant la lettre*. — Les Papillottes, 1 pièce. — Ens. 7 lithogr. in-fol.

50. — BOILLY, GIRODET-TRIOSON, DEVÉRIA. Album lithographique. *Paris*, *Engelmann*, 1823 à 1831, 9 albums in-4, cont. 115 pl. d'après Boilly, etc., la plupart sur Chine, en feuilles, couvertures imprimées.

51. — BORDES (A.). Histoire des monuments anciens et modernes de la ville de Bordeaux. *Paris et Bordeaux*, 1848, 2 vol. in-4, avec vignettes dans le texte et gravures sur acier hors texte, br.

52. — BOYER, de Nîmes. Histoire des caricatures de la révolte des Français. *Paris*, 1792, in-8, front. et nombr. caricatures tirées en bistre, br., non rog., avec le prospectus servant de couverture.

Bel exemplaire du Tome I seul. — Plusieurs figures sont avant la lettre.

53. — BOILVIN. Suite de 7 eaux-fortes dessinées et grav. par Boilvin pour Madame Bovary. *Paris*, *Lemerre*, 1876, in-12, dans un carton spécial.

54. — BON GENRE (Le). Recueil de 109 pl. faisant partie de cette suite, grav. par Gatine, pet. in-fol., col., en feuilles.

Suite complète, sauf 6 planches portant les nos suivants : 10, 31, 41, 67, 100 et 105. Bonnes marges, sauf 20 pièces un peu plus courtes.

55. — BONNIEU. Le Revers de la fortune. — L'Espoir d'un heureux jour. *Paris, chez Bonnet.* Ens. *2 pièces gravées en couleur* par L. Marin. (*Grandes marges*).

56. — BOREL (D'après). Le voilà fait. (Vue du jardin du Palais-Royal en 1790). Gr. in-4, gr. en larg. par Huot.

Très belle épreuve avant toute lettre. Mouillure.

57. — BOREL (D'après). L'innocence en danger, pet. in-fol., gr. en largeur par Huot en 1792.

Belle épreuve, avant la dédicace. Grande marge. Mouillure.

58. — BOREL (D'après). Le double engagement. — La triple yvresse. — 2 pièces, non signées, mais d'après Borel.

Belles épreuves à toutes marges.

59. — BOREL (D'après). L'Indiscret, gravé par Dequevauviller, 1 pièce. — J'y passerai, grav. en largeur par De Launay, 1 pièce. — L'abandon voluptueux. — Comparaison du bouton de rose, etc. 3 pièces, dont 2 gravées par Dennel. — Ens. 5 pièces in-fol., dont les deux premières avec marge.

60. — BOUCHER (D'après F.). L'amour à l'épreuve. — L'amour surpris dans son sommeil. — L'amour frivole. — 3 pièces gravées par Beauvarlet. (*Avec marge*).

Les deux premières pièces sont semblables comme sujet, mais la première est *découverte* et la seconde *couverte*.

61. — BOUCHER (D'après F.). Les amans surpris, gravé par R. Gaillard, à l'adresse de l'auteur à Paris, in-fol.

62. — BRETAGNE (La) par Jules Janin, illustr. par Bellangé, Gigoux, Gudin, Isabey, Morel-Fatio, Noel, Rouargue St-Germain, Fortin et Daubigny. *Paris, E. Bourdin, s. d.* (1844), gr. in-8, vignettes dans le texte, 20 gravures et 12 planches de blasons et de costumes color. hors texte, dem.-rel. bas. viol.

63. — BRETAGNE CONTEMPORAINE (La), sites pittoresques, monuments, costumes, scènes de mœurs, légendes, traditions et usages des 5 départements de cette province, publ. par H. Charpentier de Nantes. *Paris*, 1865, 3 vol. gr. in-fol. pap. vél., 108 planches tirées sur pap. teinte, dem.-rel. mar. Laval, plats en toile, tr. sup. dor. non rogn.

64. — BRETON (Ernest). Pompéia décrite et dessinée par), suivie d'une notice sur Herculanum. *Paris*, 1855, gr. in-8, fig. dans le texte, fig. à part sur pap. teinté, dem.-rel. mar. bleu, fil. tr. dor.

65. — BRILLAT-SAVARIN. Physiologie du goût précédée d'une notice par Alph. Karr. *Paris*, *Furne*, 1864, gr. in-8, figures de Bertall. sur pap. de Chine, et vignettes dans le texte, br. couv. impr.

66. — BRIVOIS (J.). Bibliographie des ouvrages illustrés du XIXe siècle, principalement des livres à gravures sur bois. *Paris*, 1883, gr. in-8, pap. vergé, br.

67. — BUSSY (Ch. de). Les toquades, étude de mœurs. *Paris*, *de Gonet*, *s. d.* (vers 1850), gr. in-8, fig. de Gavarni, br. couvert. imp. en couleur.

68. — CABINET ET MAGASIN DES MODES (Recueil factice de 139 planches de costumes de la fin du XVIIIe siècle, gravées par Duhamel, d'après Desrais, Defraine, etc., et tirées pour la plupart du recueil intitulé), en feuilles coloriées, quelques-unes montées.

La plupart de ces planches offrent des spécimens remarquables de coiffures.

69. — CANTIQUES ET POT-POURRIS. *Londres*, (*Paris*, *Cazin*), 1789, 6 parties avec titres et pagination séparés, figures et musique grav. en un vol. in-18, mar. Laval. Janséniste, fil. dent. tr. dor.

Ce recueil contient la Chaste Suzanne, Agnès Sorel, David et Bethzabé, la chasteté de Joseph, la Pucelle d'Orléans, Judith et Holopherne.

70. — CARICATURES SUR LES MŒURS ET LES MODES en Allemagne aux XVIIIe et XIXe siècles. Recueil factice de 53 pl., in-fol. et in-4, en n. et col.

Dix-sept caricatures sur les modes, publiées chez Martin Will à Vienne, vers 1750, in-fol. obl. — Quatorze planches y compris le titre tirées du recueil intitulé : *Exercices d'imagination par F. de Goez*, publ. à Augsbourg, gr, in-4, gr. à la sanguine. — Satirische Bilder-Wiener scene, 17 pl. séparées, par Cajetan. — Etc , etc.

71. — CARICATURES SUR LA RÉVOLUTION FRANÇAISE. Recueil factice de 120 pièces, in-fol. et in-4, la plupart col.

Parmi ces pièces se trouvent : 1° *Le Petit Coblentz*, d'après Isabey, gr. par Loizelet. — 115 caricatures d'après Gilray, etc., tirées de l'ouvrage intitulé : *London und Paris*, etc.; *La Révolution française*, pièce, in-fol., dess. et gravée par A. Duplessis, vers 1792. — Etc.

72. — CARICATURES SUR LES MODES et les mœurs à l'époque de la Révolution. Recueil factice de 6 pièces in-fol. et in-4, col.

L'ancien et le nouveau. *Paris* (an IX), in-4, obl. — La Valse. — Et nous aussi j'valsons, 2 pièces in-fol. obl. à l'adresse de Depeuille à Paris. — Vénus ou la prétendue comète, folie du jour, pet. in-4, en ovale, gr. par Berthet. — L'argent fait l'amant, (estampe satirique sur les prêtres défroqués, portant comme légende : « Hé mais oui-da, j'ai quitté ma soutane, etc. ») In-4, etc.

73. — CARICATURES COLORIÉES (Recueil de 106) la plupart faisant partie de la collection des Caricatures parisiennes, publiée à Paris, chez Martinet, vers 1808, et années suivantes, 2 cahiers, in-4, cart. orig. à la Bradel, tr. dor.

Ce recueil comprend : Caricatures parisiennes : (*Le Goût du Jour*, suite de 48 pl., *Garde à vous*, 35 pl., conprenant les nos 1 à 16, 18 et 20 à 37); *Caricatures européennes*, 2 pl.; *Caricatures universelles*, 4 pl., etc.

74. — CARICATURES (Recueil factice de) sur les événements de 1815 et sur la Restauration, 33 pièces, in-fol. et in-4, la plupart color.

Huit caricatures tirées du journal le *Nain jaune*, de 1815, etc., in-fol. col, — Diplôme de fanatisme; — Diplôme de libéralisme; — Diplôme de cabaleur pour les élections, (*Paris*, 1819). Ens. 3 pièces, in-fol. color. — Elections de 1819, le ministérie. blousé, gr. in-4, col — (Rare), — Convoi de la Quotidienne. 1821, in-4 obl. col. — Patati, Patata ou les débats des journaux. *Paris*, *chez Martinet*, in-fol. obl.

col. — L'émulation nationale. (Les marchands de place à leur reste). 1819, in-fol. obl. col. — Le départ, par H. Monnier.

75. — CARICATURES PARISIENNES. (Recueil factice de) publiées chez Basset, Chéreau et Martin et à Paris, vers 1815, 13 pièces, in-fol. et in-4 obl., color.

Le délassement des Politiques. — Le goût du jour (nº 100). — Le Colin Maillard. — Délassement des habitués du Luxembourg au Café du Sénat. — La tireuse de cartes. — Les grâces parisiennes. — Café du Jardin de Tivoli. — Le café en plein air, ou les amateurs du Pont-Neuf. — Le thé anglais. — La famille anglaise au Museum à Paris. — Les visites (nº 21 du Musée grotesque). — Le Kaléidoscope ou le bijou merveilleux, etc.

76. — CARICATURES (Recueil factice de 42) toutes avec pièces de rapport, ou à tiroir, par Devéria, Minatt, etc., tirées du Panorama lithographique, et du Musée populaire, etc., publ. à Paris, chez Aubert, in-4, color. en feuilles, la plupart à toutes marges.

77. — CARICATURES ANGLAISES. A series of original portraits and caricature etchings, by the late John Kay, miniature painter, with biographical Sketches and anecdotes. *Edinburgh*, 1842, 2 tomes en 4 vol. gr. in-8, avec de nombr. gravures, rel. percal. anglaise, non rogn.

78. — CARICATURES (Recueil de) sur le règne de Louis-Philippe et la Révolution de 1848. Recueil factice de 88 pièces grav. et un dessin, dont 60 caricatures par Grandville, Daumier, etc., la plupart lithogr., in-fol. et in-4, en noir et col., en feuilles.

Parmi ces pièces on remarque 9 caricatures, par Grandville, Daumier, etc., tirées de la *Lithographie mensuelle*, format in-folio, savoir : Enfoncé Lafayette. — Ne vous y frottez, rue Transnonnain, 1834. — Le docteur Gervais prétendait avoir vu cela... etc. — Descente dans les ateliers de la presse. — Très hauts et très puissants moutards légitimes. — Le ventre législatif. — Grand banquet monarchique, etc., in-fol., avec grande marge. — De plus diverses autres pièces dont : Folies du siècle, caricature du Figaro nº 4, in-fol. obl. col., etc. — *Allons donc, c'est trop rouge*, dessin au crayon noir, signé A. Haurer, in-4, etc., etc.

79. — CARICATURE PROVISOIRE (La). (Suivie de la caricature revue littéraire, artistique, judiciaire, etc.) *Paris*, *Aubert* (*et rue du Croissant*, 16),

1838-43, 5 années ou vol. gr. in-4, nombr. caricatures par Daumier, Gavarni, etc., en noir et color.. dem.-rel., v. v.

Les années 1838, 1841 et 1842 ont seules leurs titres. Les nos 46, 47, 48 de l'année 1840 manquent.

80. — CARICATURISTE (Le), revue drolatique du Dimanche. *Paris*, 9 juin 1849, 1re année no 1, au no 57, 30 juin 1850, en un vol. gr. in-4, fig. dem.-rel. bas.

81. — CATALOGUE des estampes de l'école franç. du XVIIIe s., pièces imprimées en noir et en couleur, almanachs, pièces historiques sur les mœurs et costumes, portraits, composant la collection de M. O. de Béhague, dont la vente a eu lieu en mars 1877. *Paris*, 1877, gr. in-8. — Catalogue des estampes de l'école française du XVIIIe siècle, pièces imprimées en noir et en couleur, portraits école anglaise composant la collection de G. M*** dont la vente a eu lieu en mars 1881. *Paris*, 1881, gr. in-8. Ens. 2 vol. dem.-rel. v. fauve (avec les prix d'adjudication et les noms des acquéreurs).

82. — CAZOTTE. Le Diable amoureux, roman fantastique, précédé de sa vie, de son procès et de ses prophéties et révélations, par Gérard de Nerval. *Paris*, 1845, in-8, illustré de 200 dessins par Ed. de Beaumont, br.

83. — CÉLÈBRE MAYEUX (Le), 48 planches et un frontispice gravés au trait, en un vol. pet. in-8, dem.-rel. mar. vert ébarbé.

84. — CELLARIUS. La danse des salons, dessins de Gavarni, grav. par Lavieille. *Paris*, 1849, gr. in-8, fig. br. couv. impr.

85. — CENT NOUVELLES NOUVELLES (Les), suivent les cent nouvelles (de Louis XI), contenant les cent histoires nouveaux, (*sic*), qui sont moult plaisans à raconter, en toutes bonnes compagnies, par manière de joyeuseté. Nouv. édit. ornée d'un

frontispice et de 100 figures grav. *Cologne*, *P. Gaillard*, 1803, 4 tomes avec fig. tirées à part, en 2 vol. in-12, dem.-rel., dos et coins de mar. vert, tête dor. non rogn.

86. — CERVANTÈS. L'ingénieux hidalgo Don Quichotte de la Manche, trad. et annoté par L. Viardot. *Paris*, *Dubochet*, 1840, 2 vol. gr. in-8 avec de nombr. vignettes dans le texte de Tony Johannot, rel. percal., dos et plats ornés, ébarbés. (*Taches de rousseur dans le papier.*)

87. — CHALLAMEL (A.). Histoire de la mode en France, la toilette des femmes depuis l'époque Gallo-Romaine jusqu'à nos jours. *Paris*, 1875, gr. in-8, avec 17 planches grav., coloriées à la main d'après F. Lix, br.

88. — CHAMPFLEURY. Les vignettes romantiques, histoire de la littérature et de l'art, 1825-1840, 150 vignettes par Cél. Nanteuil, Tony Johannot, Devéria, Jeanron, E. May, J. Gigoux, C. Rogier, A. Allier. *Paris*, 1883, in-4, fig. dans le texte, et gravures hors texte sur pap. de Chine et du Japon, br.

89. — CHANSONS POPULAIRES des provinces de France, notices par Champfleury, accompagnement de piano par J. B. Wekerlin, illustrations de Bida, Bracquemont, Courbet, Flameng, etc. *Paris*, 1860, gr. in-8, fig. et musique grav. br. couv. imp.

90. — CHANSON DE ROLAND (La), texte critique, trad. nouvelle, avec une introduction historique de notes et variantes, suivie d'un glossaire et d'une table par L. Gautier. *Tours*, *Mame*, 1872, 2 vol. gr. in-8, pap. vélin glacé, avec 13 eaux-fortes de Chifflart et V. Foulquier, un fac-simile, une carte et 15 grav. sur bois dans le texte, br.

91. — LE CHAPITRE DES ACCIDENTS, par Maurice Alhoy, illustré par V. Adam. *Paris*, *s. d.* in-4, oblong, avec 24 planches cart. toile.

92. — CHARGE (La), journal satirique (Recueil de 107 pl. de caricatures faisant partie de :) publ. à Paris, lith. de S. Durier, de 1832 à 1834, 3 séries de pl. en 1 vol. in-4, obl. dem-rel. dos et coins de mar. r., tête dor., non rog.

93. — CHARIVARI (Le), journal fondé par Ch. Philipon publiant chaque jour un nouveau dessin. *Paris*, 1832-60 (depuis l'origine : 1er décembre 1832, jusqu'au 30 juin 1860.) 28 années en 53 vol. in-4 et in-fol. rel. et br.

L'année 1853 manque.

94. — CHARIVARI (Le), 2,790 numéros séparés des années 1839 à 1881, rel. et en feuilles.

1839, 65 nos — 1840, 200 nos — 1841, 109 nos — 1842, 190 nos — 1847, 30 nos — 1861, 172 nos — 1866, 132 nos — 1867, 128 nos — 1868, 250 nos — 1869, 327 nos — 1870, 250 nos — 1871, 226 nos — 1872, 359 nos — 1881, 350 numéros. Plus 3 albums de caricatures détachées du journal, environ 800 feuilles, en 3 vol. gr. in-4. dem. rel.

95. — CHARLET, BELLANGER, RAFFET, Cél. NANTEUIL, GIGOUX, etc. Recueil factice de 42 caricatures, dont 2 pièces avant la lettre etc., in-4 en feuilles.

96. — CHEFS-D'ŒUVRE D'ART (Les), à l'Exposition universelle de 1878. *Paris*, *Baschet*, *s. d.* 2 vol. in-fol., nombr. photogravures d'après Meissonier, Gérôme, Bonnat, etc., en livraisons.

97. — CHINTREUIL (La vie et l'œuvre de), par A. de la Fizelière, Champfleury, F. Henriet. *Paris*, 1874, in-4, pap. vergé, avec 40 eaux-fortes par A. Lalauze, Martial, etc., br.

98. — CLARETIE (Jules), Histoire de la Révolution de 1870-71, depuis la chute de l'Empire, jusqu'à la présidence de Mac-Mahon. *Paris*, 1872-1874. 2 vol. gr. in-8, avec de nombreuses fig. de ports, vues, scènes, plans, cartes et autographes, le tome 1er en dem-rel. v. vert, le tome 2 en livraisons.

99. — CLASSIQUES DE LA TABLE (Les), à l'usage des praticiens et des gens du monde, avec des por-

traits gravés, sur papier de Chine, et de nombreuses illustrations grav. sur acier hors texte. *Paris* 1845. 2 vol. grav. in-8, br.

100. — COIFFURES DU XVIIIe SIÈCLE. Recueil factice de 9 pl. de divers formats dont 3 avant la lettre dans le genre de Depain, contenant 58 sujets de coiffures, en noir et col.

101. — COLLECCION DE TRAJES DE ESPANA, tanto ant guos como modernos, que comprehende todos los de sus dominios, dispuesda y gravada por D. J. de La Cruz. *Madrid*, 1777, in-fol. titre et 70 pl. color., dem-rel. v.

Tome I, seul. On a relié dans le même volume 27 planches de costumes, dont 5 tirées du recueil d'Abr. Bruyn et 16 d'après Théod. Viero, etc.

102. — COLLECTION DE JOHN WILSON exposée dans la galerie du cercle artistique et littéraire de Bruxelles. *Paris*, 1873, gr. in-4, pap. teinté avec 86 planches grav. à l'eau-forte, br.

103. — COLLECTION MAHÉRAULT. Catalogue des dessins anciens et modernes, aquarelles et miniatures formant la collection de feu Mahérault, œuvres de Moreau, Fragonard, Prud'hon, Gravelot, Marillier, Cochin, Gavarni, Johannot, Devéria et autres. *Paris*, 1880, gr. in-8 pap. teinté, 9 fig. gravées par Champollion., br. — Catalogue des estampes anciennes et modernes de la collection Mahérault, dont la vente a eu lieu en mai 1880. *Paris*, 1880, in-8, br. (*avec les prix d'adjudication*).

104. — COMIC ALMANACK, an ephemeris in jest and earnest, containing merry tales, humorous poetry, quips, and oddities, by Thackeray, A. Smith, G. a Beckett, the Brothers Mayhew, illustrations by G. Cruikshank. *London*, 1835-1853, 2 forts vol. pet. in-8, avec de nombr. fig., rel. percal. anglaise, non rogn.

105. — COMIC ALMANACK (Le), Keepsake comique

pour 1842 (et 1843) par de Balzac, H. Monnier, P. de Kock, etc. *Paris, Aubert*, 1842-1843, 2 années ou vol. in-12, chacun avec 12 eaux-fortes par Trimolet, le premier vol. cart., le second, br.

On a ajouté une suite de 12 eaux-fortes de Trimolet pour un almanach dans le même genre.

106. — CONCUBITUS SINE LUCINA, ou le plaisir sans peine ; réponse à la lettre intitulée Lucina sine concubitu (signé Richard Roé, nom supposé de Francis Coventry, trad. de l'anglais par de Combes). *Londres*, 1750, in-8, br.

107. — CONTEMPORAINES (Les), ou aventures des plus jolies femmes de l'âge présent, recueillies par N. (Restif de la Bretonne). *Paris*, 1780-1785, 42 tomes, avec de nombreuses et jolies figures, en 21 vol. in-12, bas. marbr.

108. — CONTES FANTASTIQUES DE HOFFMANN, trad. nouvelle, précédés de souvenirs intimes sur la vie de l'auteur, par P. Christian, illustrés par Gavarni. *Paris, Lavigne*, 1843, gr. in-8, fig. dans le texte et 11 planches hors texte, br., couv. impr. (Taches de rousseur dans le papier).

109. — CONTES DE PERRAULT (Les), dessins par G. Doré, préface par P. J. Stahl. *Paris, Hetzel*, 1862, in-fol., pap. vél., avec 41 gravures sur bois, texte et planches montés sur onglets, rel. toile rouge, dos et plats richement ornés, ébarbé.

Exemplaire du PREMIER TIRAGE.

110. — CONTES RÉMOIS (Les) par le comte de C. (Chevigné) dessins de Meissonier. 3e édit. *Paris, Lévy fr.*, 1858, in-12, port., fig. à mi-pages, br.

111. — CORRECTIONNELLE (La), petites causes célèbres, études de mœurs populaires au XIXe siècle, avec 100 dessins par Gavarni. *Paris, Martinon*, 1840, in-4, cart. avec sa couv. illustrée, ébarbé.

112. — COSTUMES HISTORIQUES DES XVI, XVII

ET XVIIIe siècles, avec un texte hist. et descriptif, par G. Duplessis, ouvrage fais. suite aux Costumes historiques, dess. et grav. par P. Mercuri. *Paris*, 1873, 2 vol. in-4, avec 150 pl. gr., par L. Flameng, Laguillermie, etc., d'après Lechevallier-Chevignard, et col., en feuilles, dans 2 cartons.

113. — COSTUMES FRANÇOIS, pour les coeffures (Recueil de 15 pl., contenant 60 sujets, faisant partie des suites de) publiées à Paris chez Esnauts et Rapilly, de 1776 à 1778, pet. in-fol., col. en feuilles (*avec marge*).

114. — COSTUMES DU TEMPS DE LA RÉVOLUTION, tirés de la collection de V. Sardou, préface de J. Claretie. *Paris*, 1876, gr. in-4, 40 eaux-fortes coloriées de Guillaumot fils, tirées sur papier vergé, dans un carton spécial en percal. angl. — Costumes de la Révolution sous la Terreur. *Paris*, 1878, 25 eaux-fortes, grav. par Guillaumot fils, et coloriées, tirées in-4, sur papier vergé dans un carton spécial en percal. r.

115. — COSTUMES DU DIRECTOIRE, tirés des Merveilleuses, avec une lettre de V. Sardou, dessins de Lacoste et Draner, d'après les estampes du temps, grav. à l'eau-forte par Guillaumot, fils. *Paris*, 1874, 30 pl. coloriées, et un portr. de V. Sardou, tirés in-4, sur pap. de Holl., figures noires, en feuilles. — Les mêmes planches, sur pap. de Holl., fig. noires en feuilles. — Costumes du XVIIIe siècle, tirés des Prés Saint-Gervais, avec l'autorisation de V. Sardou, Ph. Gille et Ch. Lecocq, dessins de Draner, gravés à l'eau-forte par Guillaumot fils. *Paris*, 1874, 20 planches color., tirées in-4, sur papier de Holl., en feuilles. — Les mêmes planches sur pap. de Holl., figures noires, en feuilles. — Costumes du XVIIIe siècle, d'après les dessins de Watteau fils, Desrais, Leclère, Cochin, etc., costumes en pied. *Paris*, 1875, 20 eaux-fortes grav. par Guillaumot,

fils, de format in-4, sur pap. fort de Holl., en feuilles.

Ce numéro pourra être divisé.

116. — COSTUMES DE L'ÉPOQUE DU DIRECTOIRE. Recueil factice de 14 planches color., in-fol. et in-8, en feuilles.

Costumes français. *Paris, chez Basset*, etc. 6 pièces in-fol. et in-4, avec marge. — Costumes de Paris, *Paris, chez Bonneville*, 8 pl. in-8, avec marge.

117. — COSTUMES PARISIENS de l'an VI à 1806, tirés du Journal des Dames et des Modes, recueil factice de 560 pièces in-8, color., en feuilles, la plupart à toutes marges.

118. — COSTUME CARACTÉRISTIQUE DE FRANCE, d'après les dessins faits par un artiste dernièrement revenu du Continent (par Peake, en angl. et en franç.). *Londres, Fearman*, 1819, in-4, front. gr., avec 18 pl. tirées en coul., cart., non rogn.

Exemplaire sur PAPIER WHATMAN.

119. — COSTUMES ET SUJETS MILITAIRES, etc. Recueil factice de 17 pièces y compris 2 gr. en coul. et un dessin à l'aquarelle.

Le départ pour la garde. Le retour de la garde, 2 pièces in-4, en coul., à l'adresse de Sazerac et Duval à Paris (*grandes marges*). — Types militaires par Draner. 13 pl., seules, publ. à Paris, chez Daziaro, in-fol., col. — Fusilier, infanterie de ligne, etc., 2 lith., par H. Bellangé, in-4, col.

120. — COSTUME PARISIEN (Le), *Paris*, 1807 à 1830, recueil d'environ 2,100 planches de modes coloriées en 9 vol. pet. in-8. — La mode. *Paris*, 1831, 117 planches col., en un vol. in-8, — Le Petit Courrier des dames. Modes de Paris, *Paris*, 1832 à 1851, recueil d'environ 1,800 planches color., en 13 vol. in-8, et gr. in-8. — Le Moniteur de la mode. *Paris*, 1853 à 1859, recueil d'environ 350 planches, color. en 3 vol. in-4. Ensemble, 26 vol. in-8 et in-4, dem-rel., mar. r., renfermant 4,367 planches color.

121. — COURBET (G.), notes et documents sur sa

vie et son œuvre, par le comte H. d'Ideville. *Paris*, 1878, in-8, pap. de Holl. avec 8 eaux-fortes par Martial, sur pap. de Chine, et un portrait par Ed. Manet, br.

122. — COURSES DE CHEVAUX, équitation, etc., recueil factice de 23 pl. in-4 obl., dont 2 col.

Une course particulière, 1 lith. dans le genre de V. Adam, col. — Course aux traîneaux, par J. Madou, publ. par Dero Becker, 1 lith. col. — Vingt lithographies par V. Adam, etc., tirées du Journal des Haras, de l'Eleveur, etc.

123. — CRUIKSHANKIANA, an assemblage of the most celebrated works of G. Cruikshank. *London, M'Clean, sans date*, in-fol., front. gr., 81 pl. de caricatures, cart. original.

Travelling in France, or the diligence Savoyards. — Return from Paris, the niece etc. — Travelling in England. — Monstrosities or London dandies, 1816-27. — Military dandies. — Deigton's London nuisances, etc., etc.

124. — CULBUTE IMPRÉVUE (La), d'après Carême, gr. en coul. par J. Morret, 1 pièce. — The balance. — The sump, 2 pièces d'après Teuh, gr. en coul. *Tennob direxit* à l'adresse de Tobe à Londres en 1787. — Ens. 3 pièces en coul., pet. in-fol. en largeur. (*Grandes marges*).

125. — DANTAN, Jeune. Les Dominotiers (texte en vers par Berthoud). *Paris*, 1848, in-4, front. gr., nombr. portraits charges par Dantan jeune, sur Chine avant la lettre, br.

Tiré à 70 exemplaires. Celui-ci porte le N° 46, et le nom de *Samson*.

126. — DANTE ALIGHIERI. L'Enfer, le Purgatoire et le Paradis. avec les dessins de Gust. Doré, trad. française de P. A. Fiorentino, accompagné du texte italien. *Paris*, 1861-1868, 3 parties avec 135 grandes gravures sur bois, en 2 vol. in-fol., pap. vélin, percal. anglaise, plats ornés, non rogn.

Exemplaires de premier tirage.

127. — DARLY'S COMIC-PRINTS, of Characters. Caricatures. Macaronies, etc. *London*, 1776, recueil

de 74 planch. grav. et coloriées en un vol. in-fol., dem.-rel. bas.

128. — DAVID D'ANGERS (L'Œuvre de), statuaire, croquis d'après nature par E. Marc, son élève, précédé d'une notice par Ed. About, et suivi d'une table analytique par Auvray, statuaire. *Paris*, 1873, 2 vol. in-fol., pap. de Hollande, 129 figures sur pap. de Chine, tirées en bistre, renfermées dans 2 cartons en toile, avec fers spéciaux sur les plats.

129. — DAVID, DENON, POISSON, etc. Habit civil du citoyen français, gravé par Denon d'après David. — Costume des membres de l'Institut, dess. par Poisson, gravé par Charon. — Costume du secrétaire d'Etat, dess. et gravé par Chataignier. — — Ens. 3 pl. pet. in-fol., color. *(Avec marges)*.

130. — DAUMIER. Plaisirs de l'été (Les bons Bourgeois, Les Baigneurs, Les Baigneuses). *Paris, au bur. du Journal Amusant*, 4 albums de caricatures, in-4, couvert. imprim.

131. — DAUMIER. Physionomie de l'Assemblée. *Paris, Aubert, s. d.*, suite de 25 pièces. — Les Représentants représentés. *Ib.*, 71 pièces. — Ens. 96 pièces lithogr. gr. in-4, en feuilles.

132. — DAUMIER (H.) (Catalogue de l'œuvre lithographié et gravé de), par Champfleury. *Paris*,1878, in-4, avec un frontisp. à l'eau-forte, br.

Tiré à 100 exemplaires.

133. — DAVILLIER (Le baron Ch.). L'Espagne. *Paris*, 1874, in-4, nombr. figures par Gust. Doré, br.

134. — DEBUCOURT (P. L.). Recueil de pièces imprimées en couleur. (*Ce numéro sera divisé*).

1. — Promenade au bois de Boulogne. *Paris, Bance*, in-fol., dess. et grav. par Debucourt.

Belle épreuve avec marge, contrecollée sur bristol.

2. — Goûter des Anglais. *Paris, Bance*, in-fol., dess. et grav. par Debucourt.

3. — Course Anglaise, d'après C. Vernet. *Paris, Bance*, in-fol.

Bonne épreuve avec témoins.

4. — Le Joueur de Cornemuse, d'après C. Vernet. *Paris, Bance et Aumont*, in-fol. (*Grandes marges*).

5. — La marchande d'eau-de-vie, d'après C. Vernet. *Paris, Bance*, in-fol.

Bonne épreuve à toutes marges.

6. — Passez, payez, d'après C. Vernet. *Paris, impr. A. Compan*, in-fol. (*Grandes marges*).

7. — Il n'y a pas de feu sans fumée, d'après C. Vernet. *Paris, Bance*, in-fol. (*Mouillure et raccommodages aux coins de la marge. Témoin*).

8. — La marchande de poissons, d'après C. Vernet. — La marchande de peau de lapins, d'après le même. *Paris, Bance et Aumont*, 2 pièces in-fol. (*Avec marge. Petite cassure et raccommodage dans la marge de la première pièce*).

9. — La marchande de coco, d'après C. Vernet. *Paris, Bance*, in-fol. (*Belle épreuve avec témoins*).

10. — Route de Poissy, d'après C. Vernet. *Paris, chez l'auteur et chez Bance*, in-fol.

Bonne épreuve, avec grande marge. — Quelques cassures dans la marge.

11. — Costumes militaires, d'après C. Vernet, à l'adresse de Bance à Paris, 16 pièces in-fol. (*Ce numéro pourra être divisé*).

Belles épreuves à toutes marges, à l'exception des deux dernières pièces. — Dragon et lancier (et officier et grenadier) de la garde royale française. 2 pièces. — Tambour major et sapeur (et grenadier et tambour) de la garde nat. parisienne. 2 pièces. — Militaires anglais. 1 p. — Artilleur et chasseur anglais. 1 pl. — Rencontre d'officiers anglais. 1 pl. — Marche d'officiers anglais. 1 pl. — Officiers anglais et écossais. 1 pl. — Militaires écossais. 1 pl. — Famille écossaise. 1 pl. — Officiers prussiens. 1 pl. — Tambour russe et anglais. 1 pl. — Adieux d'un Russe à une Parisienne. 1 pl. — Le Cosaque galant. 1 pl. (*Belle marge*). — Cosaques au bivac. 1 pl. (*Avec marges*).

135. — DELORD (Taxil). Histoire illustrée du second Empire. *Paris, s. d.*, tomes 1 à 4, avec 336 fig. dans le texte, br.

136. — DEMMIN (Aug.). Encyclopédie historique, archéologique, biograph., chronolog. et monogrammatique des Beaux-Arts plastiques, architecture et mosaïque, céramique, sculpture, peinture et gravure. *Paris*, 1873, 5 vol. gr. in-8, avec 5,800 gravures dans le texte, br.

137. — DEMOUSTIER. Lettres à Emilie sur la mythologie. *Paris*, 1816, 6 tomes avec 62 fig. gravées par Choquet, en 3 vol. in-18, bas. marb.

138. — DEPAIN (D'après). Coëffures de Dames (Cinq planches du recueil de), gravées par Dupuy, gr. in-8, coloriées.

139. — DESCRIPTION DE L'UNIVERS, contenant les cartes générales et particulières de la géographie ancienne et moderne, les plans et profils des principales villes de la terre ; portraits des souverains, leurs blasons, titres et livrées ; et divers habillements de chaque nation, par Allain Manesson Mallet. *Paris*, 1683, 5 vol. gr. in-8, avec de nombreuses fig. grav., dem.-rel. v. ant. — Les Travaux de Mars, ou l'art de la guerre, par le même. *Paris et La Haye*, 1696, 3 vol. in-8, avec 400 planches gravées, dem.-rel. v. ant. — Ens. 8 vol. rel.

140. — DESRAIS, LECLERC, etc. (D'après). Modes françaises de l'époque de Louis XVI. Recueil de 10 planches gravées par Dupin, Le Beau, etc., à l'adresse d'Esnauts et Rapilly à Paris, pet. in-4, toutes color. sauf 2 pièces.

Marchande de modes portant sa marchandise en ville. — Femme en robe à la Polonoise, remettant sa jarretière. — Cuisinière nouvellement arrivée de Province. — Acteur bourgeois étudiant son rôle à la promenade. — Habit de divinité infernale. — Etc.

141. — DEVÉRIA. Recueil factice de 108 figures de costumes dont 18 doubles, publ. chez Rittner et Goupil, etc., à Paris, in-fol., la plupart col., en feuilles.

142. — DEVÉRIA. Recueil factice de 58 lithographies,

etc., dont 9 pièces avant la lettre et plusieurs sur Chine, pour illustrer les Œuvres de Walter Scott, etc., in-fol. et in-4, en feuilles. (*Ce numéro pourra être divisé*).

Walter Scott, 28 pièces in-fol. dont 22 sur Chine. — Conspirateurs de La Rochelle, 1 pièce in-4, avant la lettre. — Avant-Après, 2 pièces in-4, obl. col. — Garde à vous, in-4, grav. par Sixdiniers sur Chine, etc., etc.

143. — DEVÉRIA. 4 albums ou suites de figures in-fol. et in-4, en feuilles, couvertures illustrées. (*Ce numéro pourra être divisé*).

Le nouveau langage des fleurs, collection de têtes d'expression, par Devéria. *Paris*, 1832, in-4, 19 pl. col. — Album lithographique de divers sujets composés, par A. Devéria, *Paris*, *Motte*, *s. d.*, in-4 de 14 pl. — Les douze mois de l'année, plaisirs du monde élégant, comp. et lithogr. par A. Devéria, Bichebois, etc. *Paris, Bance*, 1834, in-fol., 12 pl. — L'Ange gardien, six dessins lith. par A. Devéria. *Paris, impr. Motte, s. d.*, in-fol.

144. — DORÉ (Gustave). Les travaux d'Hercule. *Paris, Aubert, s. d.*, album in-8, oblong, de 46 feuilles représentant 92 sujets grav., br., avec couv. illustrée.

Une des premières œuvres de Gustave Doré.

145. — DORÉ (Gust.). Historical cartoons, or rough pencillings of the world's history, with descriptive text by Th. Wright. *London, C. Hotten, sans date*, in-4, obl., avec 20 pl. par G. Doré, cart.orig. illustré. — Les différents publics de Paris, par le même. *Paris, lith. Vayron*, album in-4 obl., titre et 20 pl., couv. en pap. — Ens. 2 vol.

146. — DORÉ (Gust.). Histoire aussi intéressante qu'invraisemblable de l'intrépide capitaine Castagnette, neveu de l'homme à la tête de bois, par Manuel, illustrée de 43 vignettes sur bois. *Paris*, 1862, in-4, br.

147. — DORÉ (Gust.). Aventures du baron de Munchhausen, trad. nouvelle, par Théophile Gautier, fils, illustrées. *Paris, Furne, s. d.* (vers 1868), in-4,

fig. dans le texte et hors texte, rel. toile, non rogn. (*Rel. fatiguée*).

148. — DUCROS (Emm.). La Cigale au cercle des arts libéraux (études en vers), dessins de Cabanel, Cot, J.-P. Laurens, Vayson, etc., eaux-fortes de Baudouin, Lalanne, Maurou, Marius Michel. *Paris*, 1880, gr. in-8, pap. vélin, 11 gravures et 4 eaux-fortes tirées sur pap. de Holl., br.

149. — DUMAS (Alex.). Œuvres illustrées. *Paris*, 1851-1858, 9 vol. gr. in-8 et in-4, dem.-rel. bas. et 29 livraisons in-4 de romans divers, br.

Les Trois Mousquetaires. *Paris*, 1858, 1 v. — Vingt ans après, 1 vol. — Le vicomte de Bragelonne. 2 vol. — Monte-Christo. 2 vol. — Pascal Brune, Pauline de Meulien, les Mille et un Fantômes, le chevalier de Maison-Rouge. 1 vol. — Impressions de voyages, Suisse. 1 vol. — Louis XIV et son siècle. 1 vol. — Joseph Balsamo, 4 brochures in-4. — Comtesse de Charny, 1 v. in-4, br. — Ange Pitou, le Collier de la Reine, Olympe de Clèves, l'Ingénue, le Chevalier d'Harmental, le Trou de l'Enfer, etc., en livraisons.

150. — DUMAS (Alex.). Histoire de mes bêtes. *Paris, M. Lévy, s. d.*, gr. in-8, portraits et 11 dessins hors texte d'Adr. Marie, et vignettes dans le texte, br.

151. — DUMAS FILS (Alex.). La Dame aux Camélias, préface de J. Janin. *Paris*, 1858, gr. in-8, av. figures de Gavarni, br., couvert. impr. en couleur.

152. — DUPLESSIS-BERTAUX, SERGENT, etc. Portraits des grands hommes, femmes illustres et sujets mémorables de France, grav. et imprimés en couleurs. *Paris, Blin* (1786-91), 1 tom. en 2 vol. in-4, titre et dédicace grav., nombr. portr. et pl. par Duplessis-Bertaux, etc., dem.-rel.

Cet exemplaire ne contient que 114 planches. — Forte tache d'humidité et piqûre dans la marge.

153. — DUPONT (Pierre). Chants et chansons (poésie et musique), avec grav. sur acier de T. Johannot, Gavarni, C. Nanteuil, etc. *Paris*, 1852-1861, 4 vol. pet. in-8, les 3 premiers en 122 livraisons, le 4e br.

154. — ŒUVRES ILLUSTRÉES DE G. SAND, dessins de T. Johannot et Maurice Sand. *Paris*, 1853, 26 romans in-4, les 18 prem. en 2 vol., dem.-rel., les autres br.

155. — EGYPTE (L'), Alexandrie et le Caire, du Caire à Philæ, par G. Ebers, trad. par G. Maspero. *Paris, Didot*, 1880-1881, 2 vol. gr. in-4, avec de nombreuses fig. dans le texte et hors texte, br.

156. — ERASME. L'éloge de la folie, trad. du latin par Barrett. *Paris*, 1789, in-12, avec 12 fig. d'Eisen, grav., v. marbr.

157. — ESTAMPES GALANTES DU XVIIIe SIÈCLE, d'après Moreau l'aîné, Vigée-Lebrun, Hilair, Hoin, etc. Recueil factice de 8 pièces, la plupart avec marge. (*Ce numéro pourra être divisé*).

Le Villageois entreprenant, d'après Moreau l'aîné, gr. par Germain et Patas, à l'adresse de Demonchy, à Paris. (*Grande marge.*) — La Tendre amitié. — L'Ecueil de la sagesse. 2 pièces d'après Hoin, grav. par Demonchy. — Familiarité dangereuse. — La Pantoufle. 2 pièces pet. in-fol., par Nerdé. (*Avec marge*). — La Vertu irrésolue, d'après L. Elisabeth Vigée, gr. par Dennel, gr. in-4. (*Avec marge*). — L'Esclave heureux, d'après Hilair, gr. par J. Mathieu. — Etc.

158. — ETUDES PRISES DANS LE BAS PEUPLE. et principalement les cris de Vienne. Nach dem leben gezeichnet V. L. Brand professor der bildenden Kunste. *Vienne, chez Artaria, s. d.* (vers 1790), in-fol. de 40 planches color., bas. marbr.

159. — EXPOSITION UNIVERSELLE DE 1867 illustrée, publication internationale publ. par Fr. Ducuing. *Paris*, 1867, 2 vol. in-fol., dem.-rel. mar. r., non rog.

160. — FARIBOLES, par Pirouette, dessins par H. Pille. *Paris*, 1882, in-4, pap. de Holl., fig. dans le texte et hors texte, br.

161. — FASTES DES GARDES NATIONALES de France, par Alboize et Elie. *Paris*, 1849, 2 vol. gr. in-8, avec fig. sur acier et costumes militaires coloriés, br.

162. — FEMMES D'AUJOURD'UI, femmes d'autrefois. — Ils ont été, ils sont et ils seront. *Paris, chez Depeuille*, an X, 2 pièces in-fol., en largeur, d'après Gaule, gr. par Bourtrois, color. et montées.

Deux estampes rares sur les modes de l'an X.

163. — FIGUIER (L.). La Terre et les Mers, ou description physique du globe. *Paris*, 1864, gr. in-8 avec 171 vignettes et 20 cartes physiques color., br.

164. — FLAVIUS JOSEPH. Histoire de la guerre des Juifs contre les Romains, et sa vie écrite par lui-même, avec ce que Philon juif a écrit de son ambassade vers Caïus Caligula, trad. par Arnauld d'Andilly. *Bruxelles*, 1738, 5 vol. pet. in-8, fig. de Van Orley, grav. à mi-page dans le texte, v. br.

165. — FORTUNY, sa vie, son œuvre, sa correspondance, par le baron Davillier. *Paris*, 1875, gr. in-8, pap. vergé de Holl., avec 5 dessins inédits en fac-simile, et 2 eaux-fortes originales, br.

166. — FOUDRE (La), journal des nouvelles historiques, de la littérature, des spectacles, des arts et des modes (rédigé par Alph. de Beauchamp et autres). *Paris*, 10 mai 1821 au 30 nov. 1823, 10 vol. in-8, avec fig. et charges, br.

Collection complète.

167. — FRAGONARD (D'après H.). Le Verre d'eau. — Le pot au lait. *Paris, N. Ponce*, 2 pièces pet. in-fol., grav. en largeur par N. Ponce. (*Avec marge*).

168. — FRAGONARD (D'après H.). Le Verrou. — Le Contrat. 2 pièces grav. en largeur par Blot, à l'adresse de Marel à Paris. — S'il m'étoit aussi fidel, gravé par Dennel. — Ens. 3 pièces in-fol. (*Avec marge*).

169. — FRANÇAIS PEINTS PAR EUX-MÊMES (Les), encyclopédie morale du XIXe siècle, par Balzac, Arago, Th. Gautier, Gozlan, J. Janin,

H. Monnier, etc. *Paris, Curmer*, 1841-1850, 8 vol. gr. in-8, vignettes dans le texte et figures hors texte sur papier teinté, grav. sur bois d'après Gavarni, Charlet, Meissonier, H. Monnier, etc., dem.-rel. mar. Lavall., tête dor., non rog. — Le Prisme, encyclopédie morale, par les mêmes auteurs et dessinateurs. *Paris, Curmer*, 1841, gr. in-8 br. — Ens. 9 vol. (Les pages 1 à 8 de l'introduction au tome 1er manquent).

170. — FRANÇAIS (Les) PEINTS PAR EUX-MÊMES. Types et portraits humoristiques à la plume et au crayon. Mœurs contemporaines, par Balzac, Gozlan, A. Achard, J. Janin, Fr. Wey, A. Karr, Fr. Soulié, Cormenin, Nodier, Pétrus Borel, etc., illustrations de Meissonier, Daubigny, Grandville, Gavarni, Daumier, Charlet, etc. *Paris, Philippart, s. d.* (1877-1878), 4 vol. gr. in-8, de plus de 1,500 gravures sur bois, br.

Exemplaire sur pap. vélin teinté.

171. — FRANCE AU XIXe SIÈCLE (La), illustrée dans ses monuments et ses plus beaux sites, dessinés d'après nature par Th. Allom, avec un texte descriptif par Ch.-J. Delille. *Londres, s. d.*, 3 vol. in-4, figures sur acier, rel. percal. anglaise, dos et plats ornés, tr. dorées. (*Quelques taches de rousseur dans le papier*).

172. — FRENCH SCENERY from drawings made in 1819, by capitain Batty, of the grenadier guards. *London*, 1822, in-8, gr. pap. vélin, avec 65 grav. sur acier, dem.-rel. dos et coins de mar. r., ébarbé.

173. — FREUDENBERG. Suite complète de 74 figures, y compris le frontispice, pour l'Heptaméron de la Reine de Navarre, grav. par de Longueil, in-8, en feuilles.

Epreuves médiocres.

174. — FROMENTIN (E.), peintre et écrivain, par L. Gonse, augmenté d'un voyage en Egypte et

d'autres notes et morceaux inédits de Fromentin. *Paris, Quantin*, 1881, gr. in-8, pap. vélin, avec 45 grav. dans le texte et 16 hors texte, br.

175. — GALERIE BRETONNE, ou mœurs, usages et costumes des Bretons de l'Armorique, par O. Perrin, du Finistère, gravée par Réveil avec texte par Perrin fils et A. Bouet. *Paris*, 1835, fort vol. in-8, nombr. figures, rel. en toile, non rog.

176. — GALERIE DE JOHN WILSON (Catalogue de tableaux de premier ordre anciens et modernes composant la) dont la vente a eu lieu en mars 1881. *Paris*, 1881, gr. in-8, br., ébarbé. — Prix d'adjudication des tableaux ci-dessus. *Paris*, 1881, in-4, avec 65 eaux-fortes, br.

177. — GALERIE DE LA PRESSE, de la littérature et des beaux-arts ; direct. des dessins Ch. Philipon, rédact. en chef L. Huart. *Paris*, 1839-1841, 3 vol. in-4, avec 50 portr. chacun, dem.-rel. mar. noir, non rog.

178. — GAVARNI. Recueil factice de 37 lithographies dont 19 *avant la lettre*, tirées de l'*Artiste*, etc., gr. in-4, en feuilles.

179. — GAVARNI. Recueil factice de 12 caricatures ou pochades, et portraits, dont 11 avant la lettre : in-8 et in-4, en n. et col.

Portrait de Jenny Colomba, in-8, avant la lettre. — Une loge à l'Opéra, in-4, avant la lettre. — Etc.

180. — GAVARNI. La Politique. *Paris, Aubert, s. d.* Suite de 9 lithographies in-4.

181. — GAVARNI. Nouveaux travestissements. 25 pl. lithogr. dont *deux avant la lettre*, in-4, en feuilles.

182. — GAVARNI. Grotesques, suite de 7 lithogr. in-4.

Belles épreuves avant la lettre.

183. — GAVARNI. Recueil factice de 24 sujets divers, gr. in-4, en feuilles.

Belles épreuves avant la lettre, sauf une planche : « *Mignon.* » Plusieurs planches sont sur Chine.

184. — GAVARNI. Fashionables, 4 lithographies, in-4. (*Belles épreuves avant la lettre.*)

185. — GAVARNI. Recueil factice de 20 types divers, gr. in-4, lith., en feuilles.

Belles épreuves, avant la lettre.

186. — GAVARNI. Recueil factice de 19 lithographies et eaux-fortes dont 15 pièces avant la lettre, tirées de la Galerie moderne, etc., in-4 en feuilles.

Portrait de Mlle Waldor, avant la lettre. — Portraits en pied de Mélingue, etc.

187. — GAVARNI. Musiciens comiques ou pittoresques. — Physionomies de chanteurs. Recueil de 92 lithogr. gr. in-4, en feuilles.

De cette collection il y a 46 pièces avant la lettre (dont 13 des *Musiciens comiques*, et 33 des *Physionomies des chanteurs*), et 46 pièces avec la lettre.

188. — GAVARNI. Etudes, etc. Recueil factice de 32 lithogr. in-4, en feuilles.

Belles épreuves avant la lettre, plusieurs sur Chine.

189. — GAVARNI. Recueil factice de 16 portraits lithogr., dont plusieurs sur Chine, gr. in-4 en feuilles.

Belles épreuves. Toutes sont *avant la lettre* sauf deux pièces : La *Duchesse d'Abrantès*, et *G. Floris.*

190. — GAVARNI. Recueil factice de 160 figures de costumes et de modes tirées des journaux *l'Artiste*, *la Mode*, etc., in-4 et in-8, la plupart color., en feuilles.

191. — GAVARNI. Recueil de 13 lithographies de modes, etc., tirées de *l'Artiste*, *l'Abeille impériale*, etc., gr. in-8 et in-4 en feuilles.

Neuf pièces sont avant la lettre.

192. — GAVARNI. Œuvres nouvelles (Masques et visages). *Paris, Librairie nouvelle, s. d.*, 19 sui-

tes, ou 339 pl. lith. en 2 vol. gr. in-4, dem.-rel. dos et coins de mar. br.

Les maris me font toujours rire, 30 pl. — Etudes d'androgynes, 10 pl. — Le manteau d'Arlequin, 10 pl. — Histoire d'en dire deux, 10 pl. — Manière de voir les voyageurs. 10 pl. — Les petits mordent. 10 pl. — L'Ecole des pierrots, 10 pl. — Messieurs du Feuilleton, 9 pl. — Les propos de Thomas Vireloque, 20 pl. — Les anglais chez eux, 20 pl. — Le Piano, 10 pl. — Ce qui se fait dans les meilleures sociétés. 10 pl. — La foire aux amours. 10 pl. — Les invalides du sentiment. 30 pl. — Les lorettes vieillies. 30 pl. — Les partageuses, 40 pl. — Histoire de politiquer, 30 pl. — Les Parens terribles, 20 pl. — Les Bohèmes, 20 pl.

193. — GAVARNI. Œuvres nouvelles. Par-ci, Par-là et physionomies parisiennes. *Paris, A. Marc, s. d.*, 100 planches in-fol. en un vol. dem.-rel. mar. r., plats en toile, tr. dor.

194. — GAVARNI. Les premières œuvres, préface d'Arsène Houssaye. Album de 20 planches tirées à la sanguine, montées sur onglets, en un vol. in-fol. dem.-rel. mar. r., plats toile. (*Le titre manque.*)

195. — GAVARNI. Perles et Parures. Les Joyaux, fantaisie, texte par Méry, minéralogie des dames par le Cte Fœlix, 1 vol. — Les Parures, fantaisie par Gavarni, texte par Méry, histoire de la mode, par le Cte Fœlix. 1 vol. *Paris, de Gonet, s. d.* (vers 1840), 2 vol. gr. in-8, figures coloriées tirées sur pap. vélin dentelé, doublées de papier rose, rel. toile mosaïque, tr. dor. (*Rel. de l'éditeur.*)

196. — GAVARNI, Jocelyn. 3 lith. in-fol., dont une *avant la lettre*.

197. — GAVARNI. Recueil factice de 160 lith. vign. s. bois, etc., et 4 albums et liasses.

Album grotesque et pittoresque, contenant 36 belles caricatures. *Paris,* 1849, gr. in-8, br. (*Manque une gravure.*) — Défets des Œuvres choisies, publ. à Paris par Hetzel en 1846, gr. in-8, dans deux couvertures orig. illustrées. — 160 planches tirées de l'*Artiste*, du *Journal des Gens du monde*, etc.

198. — GAVARNI IN LONDON : Sketches of life and character, with illustrative essays by popular

writers, edited by A. Smith. *London*, 1849, gr. in-8, avec frontisp. portr. et 23 figures r. toile anglaise, tr. dor.

199. — GAVARNI. Œuvres choisies, 520 dessins avec leurs légendes, *Paris, aux bureaux du Figaro*, 1857, in-fol. br.

200. — GAVARNI. D'après nature, texte par J. Janin, P. de S. Victor, T. et J. de Goncourt. *Paris*, *Morizot*, *s. d.*, 4 dizains ou part. en 1 vol. in-4, fig. de Gavarni, dem.-rel, chagr. viol.

201. — GAVARNI. Les douze mois. *Paris*, *Marc*, 1869, in-fol. avec 12 pl., en feuilles. — Etudes d'enfants. *Paris, lith. Coulon*, suite de 12 pl. in-4. — Les rêves, 6 pl. in-4. — Amours, 5 pl. in-4. Ens. 35 pièces.

202. — GAVARNI (L'Œuvre de), lithographies originales, et essais d'eau-forte et de procédés nouveaux catalogue raisonné, par J. Armelhaut et E. Bocher. *Paris, Jouaust*,, 1873, fort vol. gr. in-8, pap. vélin, avec un portrait inédit de Gavarni, dessiné par lui-même et 2 lithographies et une eau-forte également inédites, br., (une tache d'encre sur la marge des premiers feuillets). — GAVARNI, étude, par G. Duplessis. *Paris*, 1876, in-8, avec 14 dessins inédits, br.

203. — GAVARNI, l'homme et l'œuvre, par E. et J. de Goncourt. *Paris*, 1873, gr. in-8, avec 1 portr. à l'eau-forte, et fac-simile, br.

204. — GÉRICAULT, étude biographique et critique avec le catalogue de l'œuvre du maître, par Ch. Clément. *Paris*, 1879, gr. in-8, papier vélin, avec 30 planches sur pap. de Chine, montées sur pap. de Holl., br.

205. — GOLDSMITH. Le vicaire de Wakefield, trad. en français, avec le texte anglais en regard, par Ch. Nodier. *Paris*, 1838, in-8, vignettes dans le

texte et figures hors texte avant la lettre, dem.-rel. v. brun.

206. — GONCOURT (Ed. et J. de). L'art au XVIIIe siècle. *Paris, Dentu*, 1859-75, 1 vol. en 12 fascicules, in-4, nombr. eaux-fortes par E. et J. de Goncourt, d'après Watteau, Fragonard, etc., br., couvert. impr.

Les Saint-Aubin. — Watteau. — Prudhon. — Boucher. — Greuze. Chardin. — Fragonard. — Debucourt. — La Tour. — Les vignettistes (Eisen, Moreau, etc.) 2 part. — Etc.

207. — GOURDAULT (J.). L'Italie. *Paris*, 1877, in-4, nombr. figures, br.

208. — GOYA, par Ch. Yriarte, sa biographie, les fresques, les toiles, les tapisseries, les eaux-fortes et le catalogue de l'œuvre avec 50 planches inédites d'après les copies de Tabar, Bocourt et Ch. Yriarte. *Paris*, 1867, in-4, fig. dans le texte, et planches hors texte, br.

209. — GRANDVILLE. Un autre monde, transformations, visions, incarnations, ascensions, etc. *Paris, Fournier*, 1844, in-4, fig. dans le texte et gravures coloriées hors texte, titre imprimé en rouge, rel. toile mosaïque, tr. dor.

Exemplaire dans la reliure de l'édition, très bien conservée.

210. — GRANDVILLE. Cent proverbes. *Paris, Fournier*, 1845, gr. in-8, fig. dans le texte et hors texte, rel. toile, dos et plats ornés, ébarbé.

211. — GRANDVILLE. Scènes de la vie privée et publique des animaux, vignettes. Etudes de mœurs contemporaines publ., par P.-J. Stahl, texte par Balzac, A. de Musset, Ch. Nodier, L. Viardot, etc. *Paris, Hetzel*, 1842, 2 vol , gr., in-8, fig. dans le texte et hors texte, dem.-rel., dos et coins de mar. grenat.

212. — GRANDVILLE. Suite complète de 120 figures, gravées sur bois par Thompson, etc., pour les œuvres de Béranger, in-8, sur Chine, montées.

213. — GRANDVILLE. Tribulations. Suite de 12 pièces lith., publ. à Paris, chez Langlumé et Cie, in-4, obl. en feuilles. — Galerie mythologique, publ. à Paris, chez Bulla, 6 pièces séparées, dont 2 doubles, col. — Chasse nationale sur les terres royales (l'ex-et-lent-roi), in-fol., col., etc. Ens. 24 pièces. (*Recueil factice.*)

214. — GRAVELOT. Suite de 111 figures, y compris le frontispice du tome I seul, gravées par Vidal, pour le Décaméron de Boccace, édition de Londres, 1777, in-12, en feuilles, à toutes marges.

215. — GRAVELOT. Suite de 21 figures, attribuées à Gravelot, pour la Pucelle de Voltaire, in-8, en feuilles, à toutes marges.

215 (*bis*). — GRELOT (Le), journal illustré politique et satirique. *Paris,* 1871, 1872, 1873 nos 1 à 142. 3 années en un vol. in-fol., dem-rel. toile. — Le Grelot, *Paris*, 1874 à 1877, 172 nos divers. — Don Quichotte, *Paris*, 1874 à 1878, 184 nos divers. — Le Sifflet, *Paris*, 1872 à 1876, 232 nos divers. — La Fronde, *Paris,* 1869 à 1874, 50 nos divers. — Le Polichinelle, *Paris*, 1870 et 1874, 36 nos divers. — Le Bouffon, *Paris*, 1867 à 1874, 110 nos divers. — Le Pétard, *Paris*, 1877-1878, 38 nos divers. — Le Carillon, *Paris*, 1877-1878, 38 nos divers. — Le Hanneton, *Paris*, 1867-1868, 58 nos divers. Ensemble 1,050 nos de journaux in-fol., figures charges color.

216. — GRENEVILLE (le vicomte de). Histoire de la mode. *Paris*, 1861, gr. in-8, br.

217. — GRÉVIN. 6 albums de caricatures et costumes de fantaisie, col., in-4, rel. et couv. en pap. (Ce numéro pourra être divisé).

Le monde amusant. *Paris, Bureaux du Journal amusant, s. d.* 2 albums. — Les nouveaux travestissements parisiens. *Paris, bureaux des Modes parisiennes, s. d.* 1 album. — L'Esprit des femmes, *Paris, Dusacq, s. d.* 1 album. — Costumes de fantaisie pour un bal travesti. *Paris, aux bureaux des modes, Paris.* Album de 24 pl. — Confections pour dames. (*Paris, typ. Plon*). Album de 20 pl. en feuilles.

218. — GRIMAUD (Em.). Les Vendéens, poème. *Nantes et Niort*, 1876, in-4, pap. vergé, avec 35 eaux-fortes, par Oct. de Rochebrune, br.

219. — GUÉRARD (H.). Série de 10 eaux-fortes, sur papier de Hollande pour l'illustration des Châtiments de V. Hugo. *Paris, Librairie Nouvelle*, gr. in-8, en feuilles.

220. — HAVARD (H.). L'Art à travers les mœurs, illustrations par Goutzwiller. *Paris, Quantin*, 1882, in-4, avec 248 vignettes dans le texte et 23 gravures hors texte.

Exemplaire sur PAPIER DE HOLLANDE.

220. (*bis*). — HISTOIRE DE L'ART pendant la Révolution considérée principalement dans les estampes par J. Renouvier, avec une notice par A. de Montaiglon. *Paris*, 1863, 2 vol., gr. in-8, br.

221. — HISTOIRE DES PEINTRES de toutes les écoles, par Charles Blanc, P. Mantz, A. Demmin, etc. *Paris, Renouard*, 1861-1875, 14 vol., in-fol., fig., dem.-rel., dos et coins de mar. vert, t. sup. dor., non rogn.

222. — HISTOIRE DE LA CHAUSSURE, depuis l'antiquité jusqu'à nos jours, par P. Lacroix, A. Duchesne et F. Séré. *Paris*, 1862, in-4, avec une planche d'armoirie en chromo, 250 gravures sur bois et un atlas de 48 planches contenant 432 blasons, br. — Histoire de la coiffure, de la barbe et des cheveux postiches, par les mêmes. *Paris*, 1858, in-4, br. (*taches de rousseur dans le papier*).

223. — HISTOIRE DE L'IMPRIMERIE et des arts et professions qui s'y rattachent, par P. Lacroix, Ed. Fournier et F. Séré. *Paris, s. d.* (vers 1852), in-4, avec une planche d'armoirie, color. et des figures dans le texte et hors texte, br.

224. — HISTOIRE DES HOTELLERIES, cabarets, hôtels garnis, restaurants et cafés, etc., par Fr. Michel et Ed. Fournier. *Paris*, 1851, 2 tomes avec figures dans le texte et planches coloriées hors texte, en un vol. in-4, cart. à la Bradel, non rogn. (*Taches de rousseur dans le papier*).

225. — HISTOIRE DE FRANCE TINTAMARESQUE. *Paris*, 1872, gr. in-8, nombr. fig., par Draner, Gill, Lafosse, etc., dem-rel. v. f.

226. — HISTOIRE TINTAMARESQUE illustrée de Napoléon III, par Touchatout. *Paris*, *s. d.*, gr. in-8, avec fig. noires et color., en 20 séries, br.

227. — HISTOIRE DE FRANCE depuis les temps les plus anciens jusqu'à nos jours, d'après les documents originaux et les monuments de l'art de chaque époque, par H. Bordier et Ed. Charton. *Paris*, 1860, 2 vol. gr. in-8, avec de nombreuses grav. dans le texte, dem.-rel., dos et coins de mar. vert.

228. — HISTOIRE POPULAIRE DE LA FRANCE. *Paris*, *Hachette*, 1862, 4 tomes en 2 vol. in-4, illustrée de 1,450 fig. dans le texte, dem.-rel., bas. violette. — Histoire populaire contemporaine de la France. *Paris*, 1864-1866, 4 vol. in-4, avec 1,414 fig. dans le texte, br.

229. — HOFFMANN (D'après). Brigadier, (tambour et soldat) des Gardes de la Porte du Roi, en grand uniforme, *Hoffmann fecit* (1785-86), 3 pièces, pet. in-fol., col., rehaussées d'or, et montées sur Bristol.

230. — HOLLANDE A VOL D'OISEAU (La), par H. Havard. *Paris*, *Quantin*, 1881, gr. in-8, pap. vélin de Holl., avec eaux-fortes et fusains par Max. Lalanne, br.

231. — HOMÈRE. Iliade et Odyssée, trad. nouv. av. notes et commentaires par E. Bareste. *Paris*, 1842-1843, 2 vol. gr. in-8, fig. dans le texte et hors texte de Devilly, Titeux et Lemud.

L'Iliade est en dem.-rel. bas. ; l'Odyssée est brochée.

232. — HUET (D'après J.-B.). La Jarretière. — L'heureux chat. — La belle cachette. 3 pièces gr. en coul. par Bonnet, la dernière pièce non signée, mais dans le genre de Huet. — Ce qui est bon à prendre est bon à garder, gr. par Chaperonnier. *Paris, chez l'auteur.* — Ens. 4 pièces pet. in-fol. (*Belles marges*).

233. — HUGO (Victor). Notre-Dame de Paris, illustrée d'après les dessins d'E. de Beaumont, Boulanger, Daubigny, T. Johannot, Lemud, Meissonier, C. Roqueplan, etc., gravés par les artistes les plus distingués. *Paris, Perrotin et Garnier fr.*, 1844, 1 vol. gr. in-8, avec 55 grav. sur acier et sur bois hors texte, imprimées sur pap. teinté, et un grand nombre de bois dans le texte, rel. pleine en mar. viol., fil., ornements à froid sur les plats, tr. dor.

234. — HUGO (A.). France pittoresque, ou description pittoresque, topographique et statistique des départements et colonies de la France. *Paris*, 1835, 3 vol. in-4, avec un très grand nombre de cartes et figures, dem.-rel. bas.

235. — ILLUSTRATIONS DE MOLIÈRE. Suite complète de 166 figures à mi-page, y compris le portr., gr. à l'eau-forte par Hillemacher, et tirées sur Chine volant, in-8, en feuilles.

236. — ILLUSTRATIONS DE L'ÉPOQUE ROMANTIQUE. Recueil factice de 194 figures et vignettes par Tony Johannot, Grandville, H. Vernet, etc., gravées sur bois par Brévière, Porret, etc., dont plusieurs avant la lettre, sur Chine, pour servir à illustrer divers ouvrages à figures de 1830 à 1850, dont Jérôme Paturot, le Mémorial de Ste-Hélène, etc., en 1 vol. gr. in-8, dem.-rel. dos et coins de mar. bl., fil.

236 *bis*. — ILLUSTRATIONS DE VICTOR HUGO. Ses dessins pour illustrer les Travailleurs de la Mer,

gravures de F. Méaulle. *Paris*, 1882, in-fol., papier vélin, titre, notice avec une lettre capitale en couleur et une vignette et table, titre-frontispice en couleur et 63 planches dans un carton spécial en percal. anglaise.

237. — ILLUSTRATIONS DE VICTOR HUGO. Suite complète de 20 eaux-fortes de De Neuville, tirées sur papier de Chine, pour illustrer les Misérables, gr. in-8, en feuilles.

237 (*bis*). — ILLUSTRATIONS DE VOLTAIRE. Recueil factice de 163 figures de Moreau, Desenne et Devéria, gravées par Dambrun, Bertonnier, pour les œuvres de Voltaire. In-8, la plupart à toutes marges.

Parmi les figures de Desenne il y a deux suites (dont une sur Chine) de 21 planches chacune, pour la *Pucelle*.

238. — ILLUSTRATIONS DE LA FONTAINE. Recueil de 10 lithographies par F. Bouchot, pour les Fables de La Fontaine, in-4 obl., col., à toutes marges. — Six lithographies de Devéria pour les Contes, in-4, en feuilles. — Ens. 16 pièces.

239. — L'ISLE MERVEILLEUSE, poème trad. du grec, suivi d'Alphonse, conte très moral. *Genève*, 1768, in-8, cart.

La figure d'Eisen manque, mais on a ajouté à cet exemplaire 3 dessins à l'encre de Chine, non signés, dans le genre de cet artiste.

240. — JACOB bibliophile (Paul Lacroix). Costumes historiques de la France, d'après les monuments les plus authentiques, etc., avec un texte descriptif, précédé de l'histoire de la vie privée des Français et suivi d'un recueil de pièces originales sur le costume et les révolutions de la mode en France. *Paris, s. d.* (1852), 10 vol. gr. in-8, avec 640 figures coloriées, dem.-rel. dos et coins de mar. rouge.

241. — JACQUEMIN. Iconographie générale et méthodique du costume du IVe au XIXe siècle, collection gravée à l'eau-forte. *Paris, l'auteur, s. d.*,

in-fol., 200 planches color., montées sur onglets, mar. br., à nerfs, coins et fermoirs en métal, tête dor., ébarbé.

242. — JAL (A.). Esquisses, croquis, pochades, ou tout ce qu'on voudra, sur le Salon de 1827. *Paris*, 1828, in-8, avec planches lithographiées, dem.-rel. bas. fauve.

243. — JANET (G.). La Mode Artistique, recueil de modes nouvelles, coloriées et retouchées à l'aquarelle. *Paris, R. Pincebourde, s. d.*, 200 feuilles gr. in-4, imprimées à 2 teintes sur pap. extra-fin, dans un carton spécial.

244. — JANIN (Jules). Les petits bonheurs, illustrations de Gavarni. *Paris*, 1857, gr. in-8, avec 15 figures, dem.-rel. mar. vert, plats en toile, tr. dorées.

245. — JANIN (J.). Les Symphonies de l'hiver, illustrations de Gavarni. *Paris*, 1858, gr. in-8, figures sur acier grav. par Rouargue, br.

246. — JANIN (Jules). La Révolution Française, ouvrage dirigé et publié par Armengaud. *Paris*, 1862, 2 vol. in-fol., avec de nombreuses figures et portraits dans le texte, dem.-rel. mar. r., tête dor., non rog.

247. — JARDIN DES PLANTES (Le), description et mœurs des mammifères de la ménagerie et du muséum d'histoire naturelle, par M. Boitard, introduction par J. Janin. *Paris*, *Dubochet*, 1845, gr. in-8, fig. dans le texte et planches hors texte sur pap. teinté, br., couvert. illustrée.

248. — JARDIN DES PLANTES (Le), description complète, historique et pittoresque du muséum d'histoire naturelle, de la ménagerie, des serres, des galeries de minéralogie et d'anatomie, par P. Bernard et L. Couailhac. *Paris*, *Curmer*, 1842, gr. in-8, avec de nombr. fig. dans le texte, hors texte et planches coloriées, dem.-rel., mar. viol.

249. — JÉROME PATUROT à la recherche de la meilleure des Républiques, par L. Reybaud, illustr. par Tony Johannot. *Paris*, *M. Lévy*, 1849, gr. in-8, fig. dans le texte et hors texte, rel. percal. anglaise, dos et plats ornés, tr. dor. (*Reliure de l'éditeur*).

250. — JÉRUSALEM DÉLIVRÉE (La), trad. nouv. en prose, par Philipon de la Madelaine, avec une description de Jérusalem par Lamartine. *Paris*, *Mallet*, 1841, gr. in-8, fig. sur bois dans le texte et gravures hors texte, sur pap. de Chine, d'après Baron et C. Nanteuil, dem.-rel. mar. viol. (*Taches de rousseur dans le papier*).

251. — JOHANNOT (Tony). Suite de 44 figures publ. par Furne vers 1840, pour illustr. Notre-Dame de Paris, les romans de Cooper, les œuvres de Casimir Delavigne, etc., en 1 vol. in-8, dem.-rel. v. rose.

252. — JOURNAL DES LUXUS UND DER MODEN, herausgeg. von F. J. Bertuck und Kraus. *Weimar*, 1790, 1791 (juillet à décembre), 1801 (juillet à décembre). — Ens. une année et deux semestres, en 4 vol. in-8, front. gr., *nombreuses figures de modes color.*, cart.

Il manque dans l'année 1790 les planches 1 à 3, 7, 13, 21, 25, 33 à 35. Dans le deuxième semestre de 1791, la planche 24. — On a ajouté 143 planches de costumes et autres coloriées, tirées du journal ci-dessus (années 1791, 1792, 1793 et 1794), dont plusieurs sont remarquables au point de vue des coiffures.

253. — JOURNAL DES DAMES ET DES MODES. *Paris*, *5 thermidor*, *an X*, au 30 fructidor, an XII, en 5 vol. in-8, avec 183 figures coloriées, dem.-rel. bas. antiq.

254. — JOURNAL POUR RIRE. *Paris*, 1851-52 et 1854, 102 numéros divers in-fol. — MUSÉE FRANÇAIS-ANGLAIS. *Paris*, 1855-1859, 54 numéros divers in-fol. — JOURNAL AMUSANT. *Paris*, 1856-1883, 241 numéros divers in-fol. — Ensemble 295 numéros in-fol. en livraisons.

255. — JOURNAL POUR RIRE, album de caricatures par Gust. Doré, Lorentz, Bertall, etc. *Paris, février à décembre 1848.* 48 numéros in-fol. oblong, dem.-rel. toile.

256. — JOURNAUX POUR RIRE, journal d'images, journal comique, critique et satirique. *Paris,* 3 février 1849 au 26 septembre 1851, 139 numéros en 2 vol. gr. in-fol., dem.-rel. toile.

257. — JOURNAL DE MODES. 3 ouvr. en 10 vol. in-8, nombr. figures de costumes color., rel.

Modes françaises ou histoire pittoresque du costume en France, dep. le mois d'août 1818. *Paris,* août 1818 à juillet 1821, 3 vol., fig. col., cart. mar. — Petit Courrier des Dames, ou nouveau journal des modes, des théâtres, etc. *Paris,* 10 avril 1824 au 31 mai 1828, 4 vol. in-8, nombr. fig. de modes color., rel. (*Manquent les numéros 11 à 20 de l'année 1826 et les numéros 1 à 25 de 1827*). — La Revue des Modes de Paris, etc. *Paris,* 1833-34, 3 vol., fig. color.

258. — JOURNÉES ILLUSTRÉES DE LA RÉVOLUTION DE 1848, récit historique de tous les événements accomplis depuis le 22 février jusqu'au 21 décembre 1848. *Paris,* 1850, in-fol. avec 600 gravures représentant des scènes politiques, de mœurs, des vues, des portraits, costumes, caricatures, etc., dem.-rel. mar. vert.

259. — LA BÉDOLLIÈRE (Em. de). Les Industriels, métiers et professions en France. *Paris,* 1842, gr. in-8, avec 100 dessins par H. Monnier, dem.-rel. v. violet.

260. — LACROIX (P.) et SÉRÉ (F.). Le Moyen-Age et la Renaissance. Hist. et description des mœurs et usages, du commerce et de l'industrie, des sciences, des arts, des littératures et des beaux-arts en Europe. *Paris,* 1848-1851, 5 vol. in-4, fig. dans le texte et hors texte, noires et coloriées, dem.-rel. dos et coins de mar. r., tr. dor.

261. — LACROIX (Paul). Annuaire des artistes et des amateurs. *Paris,* 1860-1862, 3 vol. gr. in-8, figures, br.

262. — LACROIX (Paul). Le XVIIe siècle, institutions, usages et costumes, France, 1590-1700. *Paris, Didot*, 1880, in-4, illustré de 16 chromolithographies et de 300 gravures sur bois, dont 20 tirées hors texte, br.

Exemplaire de premier tirage.

263. — LACROIX (P.). XVIIe siècle, lettres, sciences et arts, France, 1590-1700. *Paris, Didot*, 1882, in-4, avec 17 chromolithographies et 300 grav. sur bois, dont 16 tirées hors texte, br.

264. — LACROIX (Paul). Le XVIIIe siècle, lettres, sciences et arts, France, 1700-1789. *Paris, Didot*, 1878, in-4, illustré de 16 chromolithographies et de 250 grav. sur bois, dont 20 tirées hors texte, br.

Exemplaire de premier tirage.

265. — LA BRUYÈRE. Les caractères ou les mœurs de ce siècle, suivis du discours à l'Académie et de la traduct. de Théophraste. *Paris*, 1845, gr. in-8, fig. dans le texte et hors texte sur pap. de Chine, grav. d'après David, Grandville et O. Penguilly, percal. anglaise, dos et plats ornés, tr. dorées.

266. — LA FONTAINE. Contes et nouvelles en vers. *Amsterdam* (*Paris*), 1762, 2 vol. in-8, 2 portr. gr. par Ficquet, nombr. figures d'Eisen gr. par Le Mire, De Longueil, etc., culs-de-lampe par Choffard, mar. r., fil., tr. dor. (*Reliure ancienne*).

Edition dite des FERMIERS GÉNÉRAUX. Les figures du *Cas de Conscience* et du *Diable de Papefiguière* sont découvertes. Petite cassure dans la marge de 4 feuillets. — Quelques petites taches faciles à faire disparaître.

267. — LA FONTAINE. Contes et nouvelles, édit. illustrée par T. Johannot, Roqueplan, Devéria, Boulanger, Fragonard, etc. *Paris, Ern. Bourdin, s. d.* (1839), gr. in-8, avec 37 planches tirées à part, compren. un front., 5 titres de livres et 31 sujets, fleurons et culs-de-lampe dans le texte, br. (*Taches de rousseur dans le papier*).

268. — LA FONTAINE. Contes et nouvelles en vers,

nouv. éd. publ. par N. Scheuring. *Lyon, impr. de L. Perrin*, 1874, 2 vol. in-8, pap. teinté, portr., frontisp., en-têtes des chapitres, fleurons gravés, br.

269. — LA FONTAINE. Fables, avec les dessins de G. Doré. *Paris, Hachette*, 1868, fort vol. in-fol., avec vignettes dans le texte et 84 grandes compositions hors texte, dem.-rel., dos et coins de mar. Laval., tr. sup. dorée, non rogn.

Exemplaire du PREMIER TIRAGE.

270. — LAGRANGE (L.). La peinture et la sculpture au Salon de 1861, avec un appendice sur la gravure, la lithographie et la photographie, par P. Burty. *Paris*, 1861, in-4, avec fig. et aux-fortes, br.

271. — LAMI (E.), etc. Voitures, par E. Lami. (*Paris*), lith. de Delpech, 5 pièces in-4 obl. color. (*Nos 1 à 4 et 6.*) — Citadine et berline du Delta, par V. Adam, in-4, col. — Citadine, par Raffet. (*Paris*), *lith. de Villain*, gr. in-4, obl. — Etc. — Recueil factice de 11 pl. dont 8 col.

272. — LANTÉ (Costumes d'après) gravés par Gatine. Recueil factice de 98 pl. pet. in-fol. col., en feuilles, la plupart à toutes marges. (*Ce numéro pourra être divisé*).

Paris (haute et moyenne classe), suite de 14 pl., n. r. — Paris (petite bourgeoisie, etc.), suite de 47 pl., n. r. — Costumes des femmes du pays de Caux, 22 pl. séparées. — Costumes des femmes du Hambourg, du Tyrol, etc., 15 pl. séparées.

273. — LAVREINCE (D'après N.). Le lever des ouvrières en modes. — Le contre-temps, etc. — Ens. 2 pièces in-fol., grav. la première en largeur, la seconde en hauteur, par Dequevauviller. (*Avec marge*).

274. — LAVREINCE (D'après N.). Le billet doux. — Qu'en dit l'abbé. — 2 pièces faisant pendant, gravées par N. De Launay, et portant son adresse, à Paris. (*Avec marge*).

275. — LE BEL (D'après). La voilà prise, gravé par V. Pillement, terminé par Niquet. — Le coup de vent, gravé par A. B. Girardet. — 2 pièces in-fol. (*Avec marge*).

276. — LECOMTE (H.). Costumes civils et militaires de la monarchie française, depuis 1200 jusqu'à 1820. (*Paris, lith. Delpech, 1821*), in-4, 160 pl. col. y compris le titre, dem.-rel. (*Tome I seul*).

277. — LEMONNIER (Cam.). Gust. Courbet et son œuvre. — G. Courbet à la Tour de Peilz, lettre du doct. Collin. *Paris*, 1868, gr. in-8, avec un portr. et 5 eaux-fortes, br.

278. — LENS (André). Le Costume ou essai sur les habillements et les usages de plusieurs peuples de l'antiquité, prouvé par les monuments. *Liège*, 1776, in-4, avec 51 planches grav., br.

279. — LE PRINCE (A. X.). Inconvénients. (*Paris*), *lith. de Engelmann*, suite de 12 lithogr. in-4, col. (*Belles marges*).

280. — LE SAGE. Histoire de Gil-Blas de Santillane, illustrée par Jean Gigoux. — Lazarille de Tormès, trad. par L. Viardot, illustré par Meissonier. *Paris, Dubochet*, 1846, gr. in-8, fig. dans le texte, dem.-rel., dos et coins de mar. violet. (*Taches de rousseur dans le papier*).

On a joint à cet exemplaire les 100 charmantes figures de Bornet, Charpentier et Duplessis-Bertaux, grav. sous la direction de Hubert, de l'édition de Didot. *Paris, an III* (1795), en 4 vol. in-8.

281. — LETTRES SUR LA GRÈCE, L'Hellespont et Constantinople, par Castellan. *Paris*, 1811, 2 vol. in-8, avec 43 dessins et 5 plans gravés par l'auteur. — Lettres sur l'Italie, par le même. *Paris*, 1819, 3 vol. in-8, avec 50 planches dessinées et gravées par l'auteur. — Ens. 5 vol. in-8, cart. à la Bradel, non rogn.

282. — LEVOISIN (J.). La Lanterne magique, dessins de Kate Greenaway. *Paris, Hachette, s. d.*,

in-4, texte encadré, figures coloriées, rel. percal. angl. illustrée et color.

283. — L'HOMME AVANT L'HISTOIRE, étudié d'après les monuments et les costumes retrouvés dans les différents pays de l'Europe, par J. Lubbock, trad. de l'anglais par Ed. Barbier. *Paris*, 1867, gr. in-8, avec 156 fig. dans le texte, dem.-rel., dos et coins de mar. bleu, fil., tr. sup. dorée, non rogn.

284. — LIAISONS DANGEREUSES (Les), lettres recueillies dans une société et publiées pour l'instruction de quelques autres (par Choderlos de Laclos). *Londres* (*Paris*), 1796, 2 vol. in-8, avec 2 frontisp. et 13 fig. de Monnet, Fragonard et Mlle Girard, grav. par Baquoy, Lemire, Duplessis-Bertaux, etc., bas. racine.

285. — LŒILLET HARTWIG. Voitures. (*Paris*), *lith. de Gihaut frères*. — Recueil de 21 pl., dont 8 doubles, in-4 obl., color. (*Numéros I à X, et XII à XIV*).

286. — LONDRES ET LES ANGLAIS, par Em. de La Bédollière, illustrés par Gavarni. *Paris*, *Barba*, *s. d.* (vers 1857), gr. in-8, texte encadré, portr. et 24 figures hors texte, br.

287. — LONDRES, par L. Enault. *Paris*, *Hachette*, 1876, in-4, nombr. figures par G. Doré, br.

288. — LORENTZ. Polichinel, ex-roi des marionnettes, devenu philosophe. *Paris*, 1848, gr. in-8, avec fig. dans le texte et hors texte, dem.-rel. mar. vert.

289. — LOSSOW (Henri). Le Triomphe de Cupidon, 12 dessins fantaisistes. *Munich*, *phototypie A. Ackermann*, *s. d.*, 12 planches sur pap. Japon, montées sur pap. bristol teinté, dans un carton spécial en percal. r., avec 1 figure en médaillon, enchassée dans un soleil d'or, sur le plat.

290. — MALTE-BRUN (V. A.). La France illustrée, géographie, histoire, administration et statistique. *Paris*, 1855, 5 vol. in-4, avec 100 cartes color. et 300 grav. dans le texte, en 21 séries, br.

291. — MANESSON MALLET (Alain). La géométrie pratique. *Paris*, 1702, 4 vol. gr. in-8, avec 500 planches grav. représentant les principales vues des monuments de Paris et châteaux de France, v. marbr.

292. — MARÉCHAL (Sylv.). Costumes civils actuels de tous les peuples connus, dessinés d'après nature, gravés et coloriés ; accompagnés d'une notice historique sur leurs coutumes, mœurs, religions, etc. *Paris*, 1788, 4 vol. in-4, figures, v. marb., fil.

293. — MARIE-THÉRÈSE-CHARLOTTE, fille de Louis XVI (à cheval). 2 pièces pet. in-fol. publ. à Paris chez Jean, col. et montées. (*Grandes marges*).

294. — MAROLLES (Mich. de). Tableaux du temple des muses, tirez du cabinet de M. Favereau, avec les descriptions, remarques et annotations. *Paris*, 1655, in-fol. avec 60 fig. y compris le titre et un portr. grav. par Bloemaert, d'après Diepenbeek, v. br. (*Rel. fatiguée*).

295. — MARTIAL (A. P.). Annuaire des Beaux-Arts, notes et eaux-fortes. *Paris*, *Cadart*, 1875-76, 2 années ou vol. in-4 de 32 pl. chacun, en feuilles.

296. — MAURIN (Albert). Galerie historique de la Révolution Française (1787 à 1799). *Paris*, 1843, 3 vol. gr. in-8, avec 50 portraits en pied dessinés par Lacauchie, dem.-rel. bas. v.

297. — MÉMORIAL DE SAINTE-HÉLÈNE, par le Cte de Las Cases. *Paris*, *E. Bourdin*, 1842, 2 vol. gr. in-8, fig. dans le texte et grav. hors texte sur pap. de Chine, dem.-rel. mar. vert. (*Taches de rousseur dans le papier*).

298. — MÉNAGERIE ROYALE. The Royal menagerie, a collection of the best caricatures which have appeared in Paris, since the late Révolution. *London*, 1831, pet. in-8 oblong, avec 24 fig., légendes en français et en anglais, br., couv. illustrée.

299. — MERCURI (P.). Costumes des XIIIe, XIVe et XVe siècles, extraits des monuments les plus authentiques de peinture et de sculpture, avec un texte historique et descriptif, par C. Bonnard, première édition française. *Paris*, 1829, 2 tomes gr. in-4 de texte en un vol. et un vol. gr. in-4 de 200 planches dessin. et grav. par P. Mercuri, cart., non rogn.

300. — MERLIN (A.). Origine des cartes à jouer, recherches nouv. sur les naïbis, les tarots et sur les autres espèces de cartes. *Paris*, 1869, pet. in-4, avec 74 pl., br.

300 *bis*. — MÉTAMORPHOSES DU JOUR (Les) ou La Fontaine en 1831, par E. Desmares. *Paris*, 1831, 2 vol. in-8, avec des vignettes hors texte dessinées par H. Monnier et grav. par Thompson, v. vert, fil.

301. — MICROSCOPE DES VISIONNAIRES (LE), ou le hochet des incrédules. Almanach. *Paris*, 1789, in-32, texte, musique et figures gravés, mar. r., dos et plats ornés, tr. dor. — Les perfidies supposées ou les médisances pardonnables, almanach. *Paris, s. d.* (vers 1800), in-32, texte gravé, figures color. à la main, mar. r., fil., tr. dorées. — Les avantages de la constance, variétés lyriques, almanach. *Paris*, 1806, in-32, texte et figures gravés, mar. r., fil., tr. dorées. — Ens. 3 vol.

302. — MILLET (J. F.). Souvenirs de Barbizon, par Alex. Piedagnel. *Paris*, *Cadart*, 1876, gr. in-8, pap. de Holl., avec un portrait et 9 eaux-fortes de Lalanne, Lalauze, Rops, etc., et un fac-simile, br.

303. — MILLE ET UNE NUITS (Les), contes arabes, trad. par J. Galland, avec une préface par J. Janin. *Paris*, 1838-39, 3 vol. gr. in-8, front. gr., figures de Marckl sur Chine, quelques-unes avant la lettre, dem.-rel. (*Quelq. taches de rousseur*).

304. — MILLIN (A. L.). Antiquités nationales ou recueil de monuments pour servir à l'histoire générale et particulière de l'Empire français. *Paris*, 1790-1798, 5 vol. in-4, avec de nombreuses planches gravées, br.

305. — MODE (La), revue des modes, galeries des mœurs, album des salons. *Paris*, 1830-1838, 25 vol. gr. in-8, figures color., dem.-rel. et cart. (*Volumes divers*).

Année 1830, avril, mai, juin, 1 vol. — 1831, juillet à déc., 2 vol. — 1832, complète, 4 vol. — 1832 (double) 4 vol. — 1833, complète, 4 vol. — 1833, janvier à octobre, 3 vol. — 1834, avril à fin décembre, 3 vol. — 1838, de juillet à fin décembre, 2 vol., et 2 vol. doubles de 1832 et 1833.

306. — MODES FRANÇAISES de la fin du XVIIIe siècle. Recueil factice de 19 planches la plupart à l'adresse de Basset à Paris, pet. in-fol. et in-4, coloriées, en feuilles. (*Toutes avec marge, quelques-unes non rognées*).

Mlle Adélaïde allant au rendez-vous qu'elle a donné à son amie. — La belle marchande à la toilette aux boulevards. — La jeune et tendre Iris accordant sa mandoline pour fixer son amant volage. — Petit maître descendant de la redoute. — La jolie danseuse entrant au bal de l'Opéra. — Les délassements du bois de Boulogne. — Etc., etc.

307. — MODES DE L'AN X, l'an XI, etc. Recueil factice de 110 dessins à l'aquarelle de l'époque et 16 gravures d'après ces dessins. — Ens. 126 pièces in-8, en feuilles.

308. — MODES DE L'ÉPOQUE DE LA RESTAURATION, etc. Recueil factice de 79 figures de costumes coloriées, en feuilles.

Les Grâces au pantalon (n° 42 du Bon Genre), pièce pet. in-fol. color. — Révolutions cosmopolites, merveilleuses de 1750-1829, publ. par Blaisot, 2 lith. in-4 obl., col. — Le midi. — Le soir. — La nuit. — La toilette. — Anglaises à la promenade, série de 5 pl. in-16, d'après H. Vernet gr. par Gatine. Vers 1815. — Le peintre à la mode. — La leçon d'escrime, etc., 11 pl. in-18, tirées d'un almanach de 1819. — Le printemps, l'été, l'automne, l'hiver, suite de 4 pièces in-16, grav. vers 1816. — 34 planches coloriées tirées du journal : Les Modes françaises, année 1823. — Mad. Royale duchesse d'Angoulême en costume de Cour, gr. par Godefroy d'après Garnery, in-4 col. — Etc., etc.

309. — MODES ANGLAISES de 1810 à 1823 (Recueil de 58 figures de), tirées de *Ackermann's Repository of arts*, etc. In-8, la plupart coloriées.

310. — MODE ZEITUNG (Recueil de 82 figures de modes tirées du), années 1807 à 1810, pet. in-4, coloriées.

311. — MODES ET COSTUMES HISTORIQUES ÉTRANGERS, dessinés et gravés par Pauquet frères, d'après les meilleurs maîtres de chaque époque. *Paris, Pauquet frères, s. d.*, in-4, 96 pl. color., en feuilles, dans un carton.

312. — MODES ET COSTUMES FRANÇAIS DU RÈGNE DE LOUIS XVI, dessinés par les artistes célèbres de cette époque. *Paris, Pincebourde, s. d.*, 24 planches in-4, grav. et coloriées, en feuilles, dans un carton spécial.

313. — MODES DE 1877-78. Recueil de 80 dessins à l'aquarelle, à la plume, etc., quelques-unes signées des initiales W. D., in-4 et in-fol., la plupart montées sur bristol.

314. — MONNIER (H.). 1 pl. lith. in-4.

Sujet inédit (d'après une note au bas de la marge), représentant deux personnes, probablement deux époux, assises en face l'une de l'autre et assoupies.— Belle épreuve avant toute lettre, avec grande marge.

315. — MONNIER (H.). Recueil factice de 32 caricatures col. en 1 album in-4, dem.-rel. v. v.

Vues de Paris. *Paris, Delpech*, 6 pl. — Esquisses parisiennes. 1 pl. (N° 9). — Galerie contemporaine. 2 pl. — Mœurs parisiennes. 1 pl. (N° 7). — Récréations. 17 pl. diverses publ. chez Giraldon Bovinet à Paris. — Grisettes, 4 pl. diverses publ. par E. Ardit à Paris. — Etc.

316. — MONNIER (H.). Recueil factice de 37 caricatures, en n. et col.

Mœurs administratives, 8 pièces séparées publ. chez Delpech, en 1828, en larg. et en haut., en n. et col. — Mœurs parisiennes, 4 pièces publ. chez Gihaut frères. (Nos 4, 5, 6, 8). — Pauvre cousin regarde ton habit. — Les extravagances. — Une grande dame. — L'espoir de la famille. 4 pièces publ. par Delpech. — Le tems, 2 pièces col. — Des messieurs de bonne maison. 1 pl. — Impressions de voyages. 3 pl. col. (Nos 2, 5 et 6). — La marmite renversée. 1 pl. col. — Dortoir des modistes. 1 pl. col. — Etc.

317. — MONNIER (H.). Album de caricatures sur les Grisettes, les Petites félicités humaines, Jadis et Aujourd'hui, etc. 51 planches en un vol. in-4 oblong, dem.-rel. toile.

318. — MONNIER (H.), GRANDVILLE, TRAVIÈS, etc. Recueil factice de 66 pl., dont 36 caricatures, en noir et color. sur la Révolution de 1830.

319. — MONNIER (Henri). Pasquinades. Recueil de caricatures sur les événements de 1830 et 1831, 11 pl. in-fol. y compris le No 7 en double, la plupart coloriées.

Ces planches portent les Nos 1, 2, 3, 5, 7 (double), 8, 9, 11, 12, 13. La dernière portant comme légende « *Déménagement de la baraque* » n'a pas de numéro. Le No 5 est avant la lettre.

320. — MONNIER (H). Scènes de la ville et de la campagne, avec vignettes sur bois gravées par Girard. *Paris*, *Dumont*, 1841, 2 vol. in-8, figures hors texte, br. couv. impr.

321. — MONNIER (H.). Scènes populaires dessinées à la plume. *Paris*, 1864, in-8, avec 80 gravures dans le texte dessinées par l'auteur, br.

322. — MONNIER (H.). Scènes populaires dessinées à la plume. *Paris*, 1879. 2 forts vol. gr. in-8, avec 120 dessins par l'auteur, grav. dans le texte, br.

323. — MONNIER (Henri). Sa vie, son œuvre, avec un catalogue complet de l'œuvre, par Champfleury. *Paris*, 1879, in-8, avec 100 gravures fac-simile dans le texte et hors texte, br.

324. — MONNIER (Ant.). Eve et ses incarnations, sonnets et eaux-fortes, préface de Tony Révillon, prologue de P. Blanchemain. *Paris*, 1878, gr. in-8, pap. vélin, fig., br.

325. — MOREAU LE JEUNE. Neuf figures, dont deux doubles, gravées par Delvaux, Le Mire, etc., pour les Lettres d'Héloïse et d'Abeilard, in-4, en feuilles.

La figure de la *Réception d'Héloïse au Paraclet*, est en double, à l'état d'eau-forte et avec la lettre. Celle représentant : *Un jeune religieux qui expire entre les bras d'Abeilard*, est également en double, *avant* et avec la lettre.

326. — MORIN, BRACQUEMOND, ROPS, et autres. Eaux-fortes pour illustrer les œuvres de Delvau, Champfleury, Daudet, Baudelaire. Recueil factice de 64 pièces y compris plusieurs frontispices, dont quelques-unes avant la lettre et sur Chine volant, pet. in-8, et in-12, en feuilles.

327. — MOSAÏQUE DE COSTUMES. ou alphabet étranger, par H. Grévedon. *Paris*, *Aumont*, *s. d.* titre gr. et 22 pl. lith., in-fol., en feuilles. — Le Vocabulaire des dames, par le même. Recueil de 17 pl. diverses, lith., par le même, publ. à Paris, en 1831, couvert. impr. — Ens. 40 pl., en 2 liasses.

328. — MUSÉE (Le), revue du salon de 1834, par Alex. D. (Decamps). *Paris*, 1834, in-4, frontispice et 25 gravures par Cél. Nanteuil, E. Delacroix. Barye, A. Johannot, Gigoux, etc., cart. toile, non rogn.

329. — MUSÉE DE LA CARICATURE, ou recueil des caricatures les plus remarquables, publiées en France depuis le XIVe siècle jusqu'à nos jours, calquées et grav. à l'eau-forte sur les épreuves originales du temps d'après les gravures de la bibliothèque royale, de N. Leber et autres, par E. Jaime, texte par Brazier, Brucker, Nodier, Janin, Gozlan, Paulin Paris, Philar. Chasles, etc. *Paris*, *Delloye*,

1838, 2 vol. in-4, planches noires et coloriées, dem.-rel., mar. r., non rogn.

330. — MUSÉE POUR RIRE (Le), dessins par tous les caricaturistes de Paris ; texte par M. Alhoy, L. Huart et Ch. Philipon. *Paris,* 1840, 3 vol. in-4, fig., demi-rel., mar. viol.

Tache d'encre sur la marge du tome 3.

331. — MUSÉE OU MAGASIN COMIQUE DE PHILIPON, contenant près de 800 dessins de Cham, Daumier, Gavarni, Grandville, Lorentz, etc., texte par Pétrus Borel, Bourget, L. Huart, Ch. Philipon, etc. *Paris*, *Aubert, s. d.*, gr. in-4, dem.-rel., toile.

332. — MUSÉUM DANTANORAMA. (Recueil de 16 portraits charges, plus un titre, faisant partie de l'ouvrage intitulé :) dont 10 pl. de la suite publ. à Paris, chez Neuhaus, et 7 pl. y compris le titre de celle publ. chez Susse, in-4, en feuilles, avec la couvert. illust. de la 1re suite. — Musée Dantan, galerie des charges et croquis des célébrités de l'époque. 100 figures avec texte explicatif, en un vol. gr. in-8, br. (*le titre manque*).

333. — MYSTÈRES DE PARIS (Les), par E. Suë. *Paris*, 1843, 4 vol. gr. in-8, figures dans le texte et hors texte, dem-rel. mar. r. — Le Juif errant, par le même, *Paris*, *Paulin*, 1845, 4 vol. gr. in-8, fig. de Gavarni, dans le texte et hors texte, dem.-rel., bas. bleue.— Mathilde, mémoires d'une jeune femme, par le même. *Paris*, 1844. 2 tomes en un vol. gr. in-8, fig. par T. Johannot, Gavarni, C. Nanteuil, dans le texte et hors texte, dem.-rel., mar. r.

334. — NADAR. La Passion illustrée de N.-S. Gambetta, selon l'évangile de St (Charles) Laurent, suivie d'une note par l'auteur des *dicts et faits de chier Cyre Gambette le Hutin en sa court. Paris*, *s. d.*, in-12, pap. de Holl., fig. dans le texte, br.

335. — NANTES et la Loire-Inférieure, monuments

anciens et modernes, sites et costumes pittoresques, dessins d'après nature par Benoist, et lithographiés par les meilleurs artistes, texte par Pitre Chevalier, Souvestre, etc. *Nantes, Charpentier*, 1850, 2 vol. gr. in-fol.,avec 75 planches et costumes color. dem.-rel. mar. vert, avec coins, plats toile, fil.

336. — NAPOLÉON, par Alex. Dumas. *Paris, Delloye*, 1840, gr. in-8, pap. vélin, avec 12 portraits en pied, sur pap. de Chine, gravés d'après Hor. Vernet, Tony Johannot, Isabey, Boilly, etc., br. couv. impr.

337. — NORVINS. Histoire de Napoléon, vignettes de Raffet. *Paris, Furne,* 1840, gr. in-8, avec de très nombreuses vignettes dans le texte, 80 sujets tirés à part, et un frontispice, dem.-rel. v. rose.

338. — NÉMÉSIS, par Barthélemy, 4e édit., ornée de 15 gravures d'après les dessins de Raffet. *Paris, Perrotin*, 1835, 2 vol. in-8, br., couv. impr.

339. — NÉMÉSIS MÉDICALE ILLUSTRÉE, recueil de satires, par Fr. Fabre, Phocéen et docteur, contenant 30 vignettes dessinées par N. Daumier, avec un grand nombre de culs-de-lampe. *Paris*, 1840, 2 vol. in-8, br. (*Taches de rousseur dans le papier*).

340. — NOUVEAU VOYAGE PITTORESQUE DE LA FRANCE, orné de 360 gravures exécutées sur des dessins faits d'après nature, et représentant des vues des principales villes de France, ports de mer, monuments anciens et modernes, sites remarquables, etc. *Paris*, 1817, 3 vol. in-4,fig., dem.-rel., dos et coins de mar. v., non rogn.

Bel exemplaire en gr. papier vélin.

341. — PANTHÉON DES ILLUSTRATIONS FRANÇAISES au XIXe siècle, comprenant le portrait, la biographie et autographe de chacun des hommes les plus illustres de notre siècle, dans la guerre, la marine, les beaux-arts, le barreau, le clergé, la

presse, la médecine, les académies, les lettres, les sciences, etc., publ. par V. Frond. *Paris, Lemercier, imprimeur*, 1865-1868, tomes 1 à 16, in-fol. de 40 portraits chacun, dem.-rel. mar. r., plats en percaline ornée, tr. dor. (publié à 100 fr. le vol.).

342. — PARIS-ORLÉANS, ou parcours hist. du chemin de fer de Paris à Orléans, paysages, sites, etc., choisis par Champin, texte par S. Tuffet. *Paris et Orléans*, 1845, in-4, front. et nombr. pl., dem.-rel. dos et coins de mar. r., fil.

343. — PAUL ET VIRGINIE, par Bernardin de St-Pierre, dessins de La Charlerie. *Paris*, *Lemerre*, 1868, in-4, pap. vél., titre en couleur, texte dans un encadrement varié violet, fig. dans le texte, portrait grav. percal. r., plat orné, non rog.

344. — PETIT. Histoire de la Révolution de 1830. *Paris, Petit*, *s. d.*, in-fol. avec 40 pl. lithogr. par H. Bellangé, Charlet, E. Lamy, etc., en feuilles, couverture impr.

345. — PETIT JOURNAL POUR RIRE, dessins de Nadar, Randon, Marcelin, G. Doré, Bertall, etc. *Paris*, *s. d.*, numéros 1 à 611 en 7 vol. in-4, dem.-rel. bas. n.

346. — PETIT MAGASIN DES MODES (LE). *Paris*, *Lefuel*, *s. d.*, in-18, avec 12 fig. y compris le front. en coul., br. (*Tache à 2 ff.*). — La Mode en France, par E. de La Bédollière. *Leipzig*, 1857, in-18, br. — Résumé de l'histoire du costume en France, par Savigny. *Paris*, 1867, in-12, br. — Ens. 3 vol.

347. — PHRÉNOLOGIE (LA), le geste et la physionomie démontrés par 120 portraits grav. sur acier, texte et dessins par H. Bruyères. *Paris*, *Aubert*, 1847, gr. in-8, fig., dem.-rel. mar. viol.

348. — PHYSIOGNOMONIE (LA), texte, dessin, gravure, par J.-B. Delestre. *Paris*, 1866, gr. in-8, nombr. fig. dans le texte, br.

349. — PHYSIOLOGIES-AUBERT, texte par MM. Alhoy, T. Delord, L. Huart, Balzac, Paul de Kock, Ed. Ourliac, etc., vignettes par Gavarni, H. Monnier, Janet-Lange, etc. *Paris*, 1841, 25 vol. pet. in-18, fig., br. (*Collection complète*).

Physiologies du Créancier et du Débiteur. — De la Parisienne. — De la Grisette. — Du Musicien. — De la Femme la plus malheureuse du monde. — Du Bas-bleu. — Du Provincial à Paris. — Du Tailleur. — De l'Employé. — Du Médecin. — De la Lorette. — De l'Etudiant. — De l'Homme marié. — Du Garde national. — De l'Homme de loi. — Du Flaneur. — De la Portière. — De l'Ecolier. — Du Voyageur. — De l'Homme à bonnes fortunes. — Du Chasseur. — Du Troupier. — Du Bourgeois. — Du Débardeur. — Du Floueur.

350. — PHYSIOLOGIES DIVERSES, texte par Ch. Marchal, P. Bernard, Balzac, E. Gourdon, Coudilhac, Deriège, P. de Kock, etc., vignettes par Gavarni, Daumier, H. Emy, Maurisset, etc. *Paris*, 1841-1849, 65 vol. in-18, br.

Physiologies du Tabac. — Du Fumeur. — Hygiène du Fumeur. — Du Vin de Champagne. — Du Député. — De la Barbe et des Moustaches. — Des Quartiers de Paris. — De l'Argent. — De l'Usurier. — Du Parterre. — Du Parapluie. — Des Bals de Paris. — Du Rentier. — De la Chaumière. — Des Cafés de Paris. — Du Bois de Boulogne. — Du Curé de Campagne. — Du Calembourg. — Du Boudoir. — Du Prêtre. — De l'Anglais à Paris. — Du Château des Tuileries. — Du Prédestiné. — Des Physiologies. — Du Jardin des Plantes. — Du Protecteur. — De la Toilette. — Du Soleil. — Du Vieux garçon. — Du Parisien en Province. — De la Fille sans nom. — De la Vie conjugale. — De la Diligence. — Des Nègres. — Du Diable. — Du Chicard. — Des Champs-Elisées. — Du Carnaval. — Du Jour de l'An. — De l'Omnibus. — Du Buveur. — Du Lion. — Du Séducteur. — Du Franc-Maçon. — Du Pochard. — Des Amoureux. — Du Célibataire. — Du Théâtre. — Du Théâtre en province. — Des Journalistes. — De la Femme. — Du Gamin de Paris. — Du Poète. — Du Viveur. — Du Robert-Macaire. — Du Protecteur. — De l'Homme marié. — De la Femme entretenue. — De la 1re nuit des Noces. — Des Etudiants. — Du Jésuite. — De l'Imprimeur. — Du Correcteur. — Du Rébus. — Du Vol.

351. — PHOTOGRAPHIES d'après Boucher, Moreau le jeune, Ingres, Boulanger, etc. Recueil factice de 23 pièces de divers formats montées.

La Fontaine d'Amour ; la Grande Toilette, etc., 6 pièces d'après Moreau le jeune. — La Source, d'après Ingres, in-fol. — Mundus muliebris. — Le Tepidarium. 2 pièces in-fol. d'après Boulanger. — Rolla, d'après Gervex, etc., etc.

352\. — PICTURESQUE REPRESENTATIONS of the dress and manners of the English. *London, T. M'Lean* (1813), pet. in-4, pap. vél., avec 50 pl. de costumes en couleur, cart., non rog.

353\. — PORTRAITS DES PERSONNAGES CÉLÈBRES DE LA REVOLUTION, par F. Bonneville, avec notices hist. par P. Quinard. *Paris*, 1796-1802, 4 tom. en 2 vol. in-4, avec 204 portr. dess. et grav. par Bonneville, dem.-rel. bas.

Parmi les portraits on remarque ceux de : Louis XVI, Marie-Antoinette, Charlotte Corday, Mirabeau, Danton, S.-Just, Robespierre, Mad. Roland, Carrier (2 épreuves), Buonaparte, Hoche, Rœderer, etc., etc.

354\. — RÉVOLUTION de 1789. Recueil factice de 209 portraits et figures d'après Duplessis-Bertaux, etc., et 1 vol.

Les 16 journées de la Révolution, 16 gravures au burin par Helmann, d'après Varnet, Boilly, in-fol. en feuilles. — 156 figures et portraits d'après Duplessis-Bertaux et gravées par Vinkeles, etc., tirées de l'ouvrage intitulé : « *Tafereelen van de Staatsom-Wenteling in Frankrijk*, publ. à Amst. en 1804. — 53 figures extraites des Révolutions de France par Camille Desmoulins. — 36 figures à l'aqua-tinte sur les événements de la Révolution, du 20 juin au 23 nov. 1790, avec le texte explicatif, en 1 vol in-4.

355\. — PORTRAITS DE FEMMES DE LETTRES contemporaines. Suite de 16 pièces gr. in-4, lith. d'après nature par J. Boilly, etc., la plupart sur Chine.

La duchesse d'Abrantès. — Princesse C. de Salm. — Mad. Nodier-Menessier. — La comtesse d'Hautpoul. — Mad. A. Ségalas. — Mad. S. Pannier. — Mad. Clémence Robert. — Mad. E. Desormery. — Mad. d'Altenheim. — Etc., etc.

356\. — PROMENADE AUTOUR DU MONDE, 1871, par le baron de Hübner, ancien ambassadeur. *Paris, Hachette*, 1877, gr. in-4, pap. vélin, illustrée de 316 gravures dessinées sur bois, portr. sur pap. de Chine, br.

357\. — POULET-MALASSIS. Les ex-libris français, depuis leur origine jusqu'à nos jours. *Paris*, 1875, gr. in-8, pap. vélin, br., et un album de 24 planches grav,. dans un carton spécial.

358. — PRINCIPAUX ÉVÉNEMENTS DE LA RÉVOLUTION, et notamment de la semaine mémorable, représentés par 12 figures gravées, très bien exécutées, avec un précis historique. *Paris, an II*, in-8, figures de Binet, dem.-rel. bas.

On a relié dans le même vol. : La Galerie des Etats-Généraux (par Mirabeau et autres). *S. l.* 1789, in-8.

359. — PROVERBES (Les), album de caricatures, par J. Arago, Pajou, Pigal, 66 planches coloriées en un vol. in-fol. dem.-rel. bas.

360. — PRUD'HON, sa vie, ses œuvres et sa correspondance, par Ch. Clément. *Paris*, 1872, in-8, gr. pap. vélin, avec 20 gravures, br.

361. — QUATRE HEURES DE LA TOILETTE DES DAMES (Les), poème érotique en 4 chants, par de Favre. *Paris et Genève*, 1780, gr. in-8, avec 1 frontisp., 1 vignette, 4 fig. et 4 culs-de-lampe par Leclerc, grav. par Halbou, Legrand, etc., v. marbr.

362. — QUATRELLES (Ernest Lépine). A coups de fusil, avec 30 dessins originaux hors texte, par A. de Neuville. *Paris*, 1877, in-4, titre rouge et noir, br. couv. impr.

Première édition, *avec les 2 planches supprimées* dans les édit. subséquentes.

363. — QUÉVERDO. Le Sommeil interrompu, dessiné et gravé par J. Quéverdo en 1787, terminé par Dambrun, in-fol., en largeur.

Belle épreuve avec très grande marge, avant la dédicace. Quelques taches de rousseur.

364. — QUICHERAT (J.). Histoire du costume en France, depuis les temps les plus reculés jusqu'à la fin du XVIIIe siècle. *Paris*, 1875, gr. in-8, avec 481 gravures de Chevignard, Pauquet et Sellier, grav. sur bois dans le texte, br.

365. — RABELAIS (Maître François). Œuvres suivies des remarques publ. en anglois par Le Mot-

teux, trad. en françois par C. D. M. (César De Missy). *Paris, Bastien, an VI*, 3 vol. in-8, avec 76 gravures y compris le portrait, dem.-rel., dos et coins de v. marbr.

366.— RABELAIS. Œuvres, précéd. d'une notice par P. L. Jacob, bibliophile, revues par L. Barré. *Paris, Bry*, 1854, in-4, texte à 2 col., gravures de G. Doré, br. non coupé, couvert. imp. en chromol.

367. — RAFFET. Musée de la Révolution, chronologie de 1789 à 1799. *Paris, Perrotin*, 1835, gr. in-8, avec 45 grav. sur acier, tirées sur pap. de Chine et 14 vignettes sur bois, d'après les dessins de Raffet, rel. percal. anglaise, non rogn. — Raffet, sa vie et ses œuvres, par A. Bry. *Paris*, 1874, gr. in-8, avec 2 portraits, 2 eaux-fortes, plusieurs fac-similé de lettres inédites de Raffet, br. — Raffet, son œuvre lithographique et ses eaux-fortes, suivi de la bibliographie complète des ouvrages illustrés de vignettes d'après ses dessins, par H. Giacomelli. *Paris*, 1862, gr. in-8, interfolié de pap. blanc avec un portrait et eaux-fortes inédites sur pap. de Chine, cart. dem. toile, non rogn.

368. — RAFFET, SCHEFFER ET A. JOHANNOT (Recueil de 80 figures sur Chine pour l'Histoire de la Révolution française par Thiers, d'après les dessins de), gravées à l'eau-forte par Blanchard, pour l'édition de Furne, 1836, etc., in-8, en feuilles.

369. — RAFFET. Suite de 14 figures gravées par Dutillois, entourées de bordures par Bertall, pour les œuvres de Paul de Kock, gr. in-8, obl.

370. — RAPINÉIDE (La) ou l'atelier, poème burlesco-comico-tragique, en 7 chants, par un ancien rapin. *Paris, Barraud*, 1870, in-12, pap. de Holl., frontisp., figures et vignettes gravées à l'eau-forte, br. couv. illustrée.

371. — RECUEIL DE 71 CARICATURES, par Tra-

viès, G. Scheffer, Ch. Philippon, etc., en 1 vol. in-4, color., rel. en peau de mouton.

Le Diable Boiteux à Paris, par Gabr. Scheffer. *Paris, Ostervald aîné*, 1830, 12 planch. — Les Contrastes, par Paul Louis. *Paris, Martinet*, 12 pl. — Les Contrastes, par Traviès, 20 pl. (*Manque la pl. 14*). — Album pour rire, par Ch. Philippon. *Paris, Ostervald, s. d.*, 22 pl. (Pl. n°s 1 à 9, 12 à 18, 20, 22 à 26). — Les Signalemens. *Paris, Martinet*, 4 pl.

372. — RECUEIL DE 39 DESSINS ORIGINAUX A LA PLUME, du XVIIIe et du commencement du XIXe siècle, par Bernard, Fouqueur, Chevalier, Tardat, S. Scheffer, et autres habiles calligraphes, sur peau de vélin et sur papier, montés dans un album in-fol., cart.

Ces dessins se composent particulièrement de portraits-costumes de fantaisie, de cartouches, etc., calligraphiés avec arabesques, quelques-uns avec des légendes et signés des artistes ci-dessus. Le recueil se termine par quelques jolis dessins hollandais et allemands, dont l'un est daté de 1718, et 3 pièces gravées.

373. — RECUEIL FACTICE DE 112 FIGURES, dont 70 de costumes et de coiffures, tirées de l'Almanach de Gotha, années 1782 et 1783 ; l'Almanach Généalogique, 1784-85, etc., montées dans un album in-fol., couv. en pap.

374. — RECUEIL FACTICE DE 150 PLANCHES, dont 96 de costumes coloriés, tirées du Musée des Costumes, et 54 sujets divers, quelques-uns avant la lettre, d'après Rembrandt, Bonnington, Leslie, etc., gravés par Reynolds, Oortman, etc., dans un album in-4 obl., dem.-rel. v. v.

375. — RENOUARD (P.). Les Pensionnaires du Louvre, texte par L. Leroy. *Paris, librairie de l'art*, 1880, in-4, pap. vélin, fig. dans le texte et 4 compositions hors texte, br.

376. — RÉTIF DE LA BRETONNE. Le Paysan perverti, ou les dangers de la ville. *Paris*, 1776, 8 porties en 4 vol., avec figures. — La Paysanne pervertie, ou les dangers de la ville, par le même. *Paris*, 1784, 8 parties en 4 vol. avec fig. — Expli-

cation des figures du Paysan et de la Paysanne, 2 part. en 1 vol. — Ens. 9 vol. in-12, dem.-rel. mar. vert.

377. — RÉVOLUTION DE 1848 (Tableaux historiques des principaux événements de la). *Paris*, 1848, gr. in-8, avec 12 pl. à 2 teintes. — Les Tribuns, études parlementaires, morales et pittoresques, par Trimalcion. *Paris*, 1850, gr. in-8, portraits en pied gravés sur acier par Pauquet. — Histoire de la Révolution de Février, jusques et y compris le siège de Rome, par J. Du Camp. *Paris*, 1850, gr. in-8, avec costumes militaires coloriés grav. d'après Philippoteaux, etc. — Histoire de la Garde Républicaine, par A. Balleydier. *Paris*, 1848, in-8, avec gravures de J. David. — Histoire de la Garde Nationale, par E. de La Bédollière. *Paris*, 1848, in-12 avec 10 dessins de Pauquet coloriés, br. — Ens. 5 ouvr. en 5 vol. br.

378. — RÉVOLUTION DE 1848 et présidence du prince Louis Napoléon. Recueil factice d'environ 200 caricatures, portraits-charges, scènes historiques et comiques, etc. par H. Daumier, Cham, etc., la plupart lithogr., plusieurs color., montés dans un album in-fol., dem.-rel.

379. — RÉVEIL. Musée de peinture et de sculpture, ou recueil des principaux tableaux, statues et bas-reliefs des collections publiques et particulières de l'Europe, dessiné et gravé à l'eau-forte, avec des notices descriptives, critiques et historiques, par Duchesne aîné. *Paris*, *Audot*, 1828-1830, 7 vol. in-12, avec 21 portraits et 522 grav. au trait, texte français et anglais, dem.-rel. bas., non rog.

380. — REVUE COMIQUE (LA), à l'usage des gens sérieux ; histoire morale, philosophique, politique, etc., texte par Lireux, Caraguel, E. de La Bédollière, Gérard de Nerval, etc., dessins par Bertall, Nadar, Lorentz, etc. *Paris*, *nov. 1848 à déc. 1849*,

2 tomes en 1 vol. in-4, fig., dem.-rel. dos et coins de mar. r.

381. — REYBAUD (L.). Jérôme Paturot à la recherche d'une position sociale, illustr. par J.-J. Grandville. *Paris,* 1846, gr. in-8, avec de nombreuses gravures sur bois dans le texte et 32 planches tirées à part sur pap. vélin, dem.-rel. mar. r. (*Taches de rousseur dans le papier*).

382. — RICHER (ED.). Voyage pittoresque dans le département de la Loire-Inférieure. *Nantes*, 1827, 7 parties et une introduction en 1 vol. in-4, dem.-rel. bas.

On a rel. dans le même vol. l'Essai sur les propriétés physiques, chimiques et médicales de l'eau minérale de Forges, par Prevel et Le Saut. Nantes, 1823, in-4.

383. — RIMMEL (E.). Le Livre des parfums, préface d'Alph. Karr, illustrations de De Neuville, Cheret, Duhousset, etc. *Paris*, 1870, gr. in-8, pap. vélin, fig. dans le texte et planches hors texte color., br.

384. — ROBERT (Léop.), sa vie, ses œuvres et sa correspondance, par Feuillet de Conches. *Paris*, 1854, in-12, dem.-rel. dos et coins de mar. vert, tr. sup. dorée, non rog.

Exemplaire dans lequel on a ajouté 37 gravures de portraits, de vues de monuments, etc., gravés par les meilleurs artistes.

385. — ROMANS ILLUSTRÉS. *Paris*, 1852-1855, 85 brochures in-4, fig., br.

W. Scott, Cooper, Pigault-Lebrun, Hugo, Diderot, Scribe, Stendahl, Fr. Soulié, Lesage, etc.

386. — ROME SOUTERRAINE, résumé des découvertes de M. de Rossi dans les catacombes romaines, par Spencer Northcote et Brownlow, trad. de l'anglais par P. Allard. *Paris*, 1872, gr. in-8, pap. vél., avec 70 vignettes dans le texte, 20 chromolith. et un plan du cimetière de Calliste, hors texte, br.

387. — ROMISCHE CARNEVAL (DAS). *Weimar et Gotha, Ertinger*, 1789, pet. in-4, titre gr. et 20 pl. color.

388. — ROUSSET (A.). Les Miettes d'Esope, fables, dessins de Gavarni. *Paris*, 1866, in-8, fig., br.

389. — ROUSSELET (L.). L'Inde des Rajahs, voyage dans l'Inde centrale et dans les présidences de Bombay et du Bengale. *Paris*, 1875, gr. in-4, avec 317 gravures sur bois et 6 cartes, br.

390. — ROUSSET (A.). Déraillés et Déclassés. *Lyon*, 1872, 2 vol. in-8, avec 120 fig. tirées en bistre, br.

391. — RUSSIE HISTORIQUE (LA), monumentale et pittoresque, par P. Artamof, avec la collaboration d'Armengaud. *Paris*, 1862-1865, 2 vol. gr. in-4, avec de nombreuses figures dans le texte, dem.-rel. mar. r., tranches sup. dorées, non rog.

392. — SAINT-AUBIN, FREUDENBERG, DESHAYES (Trois pièces d'après). Pet. in-fol. (*Avec marge. — Ce numéro pourra être divisé*).

Le Réfractaire amoureux, dess. et gravé par Saint-Aubin, à l'adresse de Marel, à Paris. — Le Petit jour, d'après Freudenberg, gravé par De Launay, à l'adresse de l'auteur à Paris. — La Fidélité surveillante, d'après Deshayes, gravé par Hémery, à l'adresse de Hémery à Paris.

393. — St-JEAN, BONNART, PÉCHEUX, BELL, etc. Recueil factice de costumes de modes, portraits, etc., du XVIIe, XVIIIe et XIXe siècle, plus quelques dessins à l'aquarelle et à la mine de plomb. Album de 170 pièces en noir et color., contrecollées sur pap. bl., in-4, mar. viol.

Parmi les portraits, on remarque ceux de : 1° Louise-Marguerite de Lorraine, princesse de Conti ; 2° Crestienne de France, duchesse de Savoye, gravé par Frosne ; 3° Countess of Somerset ; 4° Charlotte, queen of Great Britain, par Spilsbury, etc., etc. Parmi les figures de costumes : 1° *Dame se promenant à la campagne*, pièce gr. par de S.-Jean ; 2° *Dame de qualité au bal*, et autres pièces dans le genre de Bonnart ; 3° 17 planches coloriées in-8, faisant partie de la collection de « *La Belle Assemblée* », publiées à Londres de 1818 à 1823 ; 4° Costumes de théâtre, gravés par Maleuvre et publ. chez Martinet. 19 pièces in-8, color., etc., etc.

394. — SAINT-PATRICE. Lettres d'un Yankee, illustrées de 150 dessins par G. Lafosse. *Paris*, 1879, in-12, pap. vélin, fig. dans le texte et hors texte, br.

395. — SAINTE BIBLE (LA), contenant l'Ancien et le Nouveau-Testament, trad. par Le Maistre de Sacy, illustrée de 180 grav. dans le texte d'après les grands maîtres. *Paris*, 1851, in-4, dem.-rel. mar. noir.

396. — SAINTE BIBLE, trad. sur le latin de la Vulgate par Le Maistre de Sacy et le P. Lallemant, av. notes par l'abbé Delaunay. *Paris*, *Curmer*, 1860, 5 vol. in-4, pap. vél., et un vol. de 50 gravures avant la lettre, avec légendes en regard sur papier spécial, br.

397. — SAINTE BIBLE (LA), selon la Vulgate, trad. nouv. avec les dessins de G. Doré. *Tours*, *Mame*, 1866, 2 vol. in-fol., pap. vél., texte encadré dans des ornements variés par Giacomelli et planches hors texte, percal. anglaise, plats ornés, non rog.

Exemplaire de premier tirage.

398. — SALON ILLUSTRÉ DE 1879, première année, comprenant 200 dessins originaux, exécutés par les artistes d'après leurs œuvres et accompagnés de poésies inédites d'Aicard, T. de Banville, F. Coppée, F. Pittié, J. Richepin, etc., publ. sous la direction de F.-G. Dumas. *Paris*, *Baschet*, *s. d.*, 2 vol. gr. in-8, fig., pap. vél. en feuilles dans 2 cartons en percal., avec ornements spéciaux.

Edition d'artiste, tirée à 110 exemplaires. — Eaux-fortes sur papier du Japon.

399. — SAULIÈRE (A.). Les Leçons conjugales, avec vignettes et eaux-fortes par H. Somm. *Paris*, 1880, in-12, pap. teinté, texte encadré d'un filet rouge, br. — Histoires conjugales, nouveaux contes lestes, par le même, vignettes et eaux-fortes par H. Somm. *Paris*, 1881, in-12, pap. teinté, texte encadré d'un filet rouge, br.

400. — SCHMIT (I.-P.). Les Deux Miroirs, contes pour tous. *Paris*, 1844, gr. in-8, fig. dans le texte et hors texte de Gavarni, C. Nanteuil, Français, de

Beaumont, etc., br., avec couvert. impr. en chromolith.

401. — SILHOUETTE (La), journal des caricatures, Beaux-Arts, dessins, mœurs, théâtres, etc. *Paris, rue des Fossés S. Germain l'Auxerrois*, 1829-30, 4 vol. in-4, nombreuses figures par H. Monnier, Deveria, Grandville, etc., en noir et col., en livraisons, couvertures illustrées.

Bel exemplaire de ce journal rare et recherché. Il manque deux planches, l'une par Grandville, portant comme légende : « *Hardi, chippe !* » dans la 12e livraison du Tome II ; l'autre, par Rigo (*Arrêtez, c'est mon frère*), dans la 7e livraison du Tome III.

402. — SILHOUETTE (La), Journal des caricatures des beaux-arts, mœurs, etc., fondé par E. de Girardin, Balzac et de Varaigne, dessins d'H. Monnier. Gavarni et autres. *Paris*, 1829-1830, 52 livr. avec 104 pl. noires et col. en un vol. in-4, dem.-rel., bas.

403. SILHOUETTE (La), illustrations pour rire, revue caricaturale de la semaine. *Paris*, 1er avril 1849, au 31 mars 1850, 51 numéros en un vol. gr. in-4, fig. dem.-rel. parch.

404. — SONNETS ET EAUX-FORTES (par Th. de Banville, Th. Gautier, Sainte-Beuve, etc.) *Paris, Lemerre*, 1868, in-4, pap. vergé, nombr. eaux-fortes par Ribot, Bracquemond, G. Doré, Gérôme, etc., br.

405. — SOULIÉ (Fréd.). Si jeunesse savait, si vieillesse pouvait, orné de 100 illustrations dans le texte, d'après les dessins de Giraud et Célest. Nanteuil. *Paris, Ch. Gosselin*, 1844, gr. in-8, br. (couv. impr. en couleurs).

Le *Lion amoureux* se trouve à la fin du vol. et occupe les pages 463 à 526.

406. — SPALLART. Tableau historique des costumes, des mœurs et des usages, des principaux peuples de l'antiquité et du moyen-âge, (trad. de l'allemand par de Jaubert et Breton). *Metz*, 1804-1810, 7 tomes en 5 vol. in-8 de texte, 1 vol. in-8 de 284

planches color. et un vol. in-fol. oblong, de 210 planches en couleur. Ens. 7 vol., dem.-rel. v. bleu.

407. — STERNE. Voyage sentimental, trad. nouv. avec un essai sur la vie et les ouvrages de Sterne, par J. Janin. *Paris, Ern. Bourdin, s. d.* (vers 1840), gr. in-8, fig. de T. Johannot et Jacques dans texte, et hors texte sur pap. de Chine, mar. noir, tr. dorées.

408. — SYRIE (La), l'Egypte, la Palestine et la Judée, considérées sous leur aspect historique, archéologique, descriptif et pittoresque, par le baron Taylor et L. Reybaud. *Paris*, 1839, 2 vol. in-4, gr. pap. vélin avec 200 gravures sur acier, dem.-rel. bas. bleue, non rogn. *(Taches de rousseur dans le papier.)*

409. — TABLEAUX HISTORIQUES DE LA RÉVOLUTION FRANÇAISE (Collection complète des), composée de 113 numéros en 3 vol. *Paris, Auber, imp. de Didot l'aîné, an XIII* (1804), 3 vol. in-fol., pap. vél., dem.-rel. mar. r. non rogn. (*Deuxième tirage.*)

Les 89 discours sont dus à l'abbé Cl. Fauchet, Champfort, Ginguené et Pagès. 3 frontispices de Fragonard fils, 183 gravures de Delvaux, Duplessis-Bertaux, Girardet, Fragonard, etc., grav. par Berthaud, Choffard, Duplessis-Bertaux, etc., 66 beaux portraits-médaillons au bas desquels se trouvent de charmantes vignettes dessinées et gravées à l'eau-forte par Duplessis-Bertaux.

410. — TAINE (H.) Voyage aux Pyrénées, avec de nombreuses illustrations dans le texte et hors texte par Gust. Doré. *Paris*, 1860, gr. in-8, br.

411. — TISSANDIER (Gust.). Les Récréations scientifiques ou l'enseignement par les jeux. *Paris, s. d.* (vers 1872), gr. in-8, avec 225 gravures dans le texte, br.

412. — TOHU BOHU PLAISANT (Le), d'après Teichel, lithogr. par Bettannier frères, 16 lith. diverses, col. — Au bord du Tage, d'après de Montaut,

4 lith., col., etc. — Ens. 30 pièces in-fol. et in-4, la plupart col.

413. — TOPOGRAPHIE DES PROVINCES DE BRETAGNE, de Guyenne, etc. Recueil factice de 47 plans, et vues de villes, etc., par Tassin, Merian, etc.

Plan de Bordeaux au XVIe siècle, pièce pet. in-4, signée Fr. Valegio. — Vues des environs de Nantes d'après Le Sueur, grav. par Juillet, 2 pièces in-4, obl. — Vues de la Trappe, 2 pièces in-4, lithogr. par Leborne. — Plans et profilz des principales villes de la province de Bretaigne (par Tassin), pet. in-4 obl. de 28 pl. — Vues de Brest, Conquerneau, Rennes, par Merian, 3 pièces in-4. — Vue perspective de l'aérostat, le Suffren, lequel a été lancé au jardin de l'Hôpital des Enfans orphelins de Nantes le 14 juin 1784, in-fol., gr. par Auvray, etc.

414. — TOUCHATOUT. Le Trombinoscope, dessins de G. Lafosse. *Paris*, 1871-1874. Livraisons 1 à 137, gr. in-8, br.

415. — LOS TRAGES DE ESPANA (Recueil de 98 planches de costumes espagnols coloriées faisant partie de la suite intitulée :), dessinées par Rodriguez et gravées par Marti, etc., pet. in-8, couv. en papier.

416. — TRAVESTISSEMENTS (Costumes de bal), s. l. (*Paris*, 1815), suite de 22 pl. gr. par Gatine, color., et montées sur onglets dans 1 vol. in-4, dem.-rel. mar. r.

417. — TRÉSOR DES ANTIQUITEZ DE LA COURONNE DE FRANCE, représentées en figures d'après leurs originaux, soit en pierre, dans les bâtiments anciens, soit en or, argent, cuivre, ou autre métal ou matière, dans les palais des rois. Collection très importante et de très grande utilité pour l'intelligence parfaite de l'histoire de France. *La Haye, P. de Hondt*, 1745, 2 tomes en un vol. in-fol. de 304 planches avec tables explicatives, v. écaille, fil.

Ce livre n'est autre chose qu'un tirage avec titres et tables mais sans texte de l'ouvrage de Bernard de Montfaucon ; les *Monuments de la Monarchie françoise*.

418. — UN AN A ROME et dans ses environs, recueil de dessins lithographiés, représentant les costumes, les usages et les cérémonies civiles et religieuses des Etats Romains, dessiné et publié par Thomas. *Paris, Didot*, 1823, in-fol. avec 72 planches, dem.-rel. v. fauve.

419. — VERNET (Carle). Fanchon la Vieilleuse. — La Frileuse. — La Boudeuse. — La Brodeuse. — Ens. 4 pièces in-fol., gravées par Schenker, etc., et color.

420. — VERNET (D'après Horace). Incroyables et merveilleuses. Recueil de 15 pl. séparées y compris les nos 4 et 21 en double, gr. par Gatine, in-fol. col.

Ces planches portent les numéros : 1, 2, 4, 11, 14, 15, 17, 19, 21, 25, 28 et 30. Plusieurs sont à toutes marges.

421. — VICTIMES DE L'AMOUR (Les), ou lettres de quelques amants célèbres, précédées d'une pièce sur la mélancolie (par Dorat). *Paris, Delalain*, 1776, in-8, front. et une fig. de Marillier, grav. — Historiettes ou nouvelles en vers, par Imbert. *Amst.* (*Paris, Delalain*), 1774, in-8, titres, figures et 4 vignettes de Moreau, grav. — Lettre de Rosette à Valcour, par R. D. S. *Paris*, 1776, in-8. — Eloge de Racine par la Harpe. *Paris*, 1772, in-8. — Ens. 4 ouvr. en un vol. in-8, v. marb.

422. — VICTOIRES ET CONQUÊTES DES FRANÇAIS de 1792 à 1815. *Paris*, 1817-1821, 27 vol. in-8, dem.-rel., bas. et album in-fol., de planches, d'après Carle Vernet, gravées par Duplessis-Bertaux, cart. percal. anglaise, tr. dor.

423. — VIEL-CASTEL (H. de). Collection de costumes, armes et meubles pour servir à l'histoire de France, depuis le ve siècle jusqu'à 1814. *Paris, chez l'auteur*, 1827-45, 4 vol. in-4, avec 120 pl. color., en feuilles.

424. — VIEILLES VILLES D'ITALIE (Les). — Les vieilles villes de Suisse. — Les vieilles villes

d'Espagne. Notes et souvenirs, ouvrages illustrés de 332 dessins à la plume par Robida. *Paris*, 1878-1880, 3 vol. gr. in-8, br.

425. — VIEUX NOELS ILLUSTRÉS, airs primitifs recueillis et arrangés pour le piano, par l'abbé Rastier, dessins de Hadol. *Paris*, *Hachette*, *s. d.*, in-fol., texte dans un encadrement illustré, musique gravée, rel. en percal. anglaise, plats ornés.

426. — VIGNETTES ROMANTIQUES. Recueil factice de 49 vignettes sur bois et d'eaux-fortes, par T. Johannot, etc., pour illustrer des ouvrages de l'époque Romantique, in-8, en feuilles.

Premières épreuves toutes sur Chine volant avant la lettre sauf deux pièces. On y remarque : Une figure de T. Johannot, gravée par Porret, pour les *Contes philosophiques de Balzac*. Une figure de T. Johannot, gravée par Brevière pour *Stello*, de Vigny. — Deux figures du même gravées par Porret pour le *Manuscrit vert* de Drouineau, in-8. Etc., etc.

427. — VIOLET LE DUC. Dictionnaire raisonné du mobilier français, de l'époque Carlovingienne à la Renaissance. *Paris*, 1874, 6 vol. gr. in-8, avec 2,154 gravures sur bois et en chromo-lithographie, br.

Exemplaire de premier tirage.

428. — VIRGILE. Œuvres, trad. en français, le texte vis-à-vis la traduction, avec des remarques, par l'abbé Desfontaines. *Paris*, 1743, 4 vol. in-8, avec 1 front., 1 portr. et 17 fig., par Cochin, fils, grav. par Cochin, père et fils, v. marb. fil.

429. — VOLTAIRE. La Pucelle d'Orléans, poème en 21 chants, édition ornée de figures gravées par les meilleurs artistes. *Paris*, *an VIII*, 2 vol. in-8, portr. dessiné et grav. par Gaucher, et 21 figures par Lebarbier, Marillier, Monnet et Monsiau, grav. par Baquoy, Choffard, etc., bas. marb.

Les figures sont les mêmes que dans l'édition de Didot. *Paris*, *an III*, 2 vol. in-4, auxquelles on a enlevé les cadres.

430. — VOYAGE PITTORESQUE DE LA FRANCE, avec la description de toutes ces provinces, par une

Soc. de gens de lettres (publ. par De La Borde, Béguillet, etc.). *Paris*, 1780-84, 3 vol. in-fol., de planches, par Moreau le jeune, Cochin, etc., grav. par Fessard, etc., cuir de Russie, fil.

Tomes I à III seuls. La reliure du tome I est défaite.

431. — VOYAGE AUTOUR DU MONDE de l'Astrolabe et de la Zélée, sous les ordres de Dumont-d'Urville, pendant les années 1837 à 1840, par E. Le Guillou, avec de nombreux dessins et des notes scientifiques, par J. Arago. *Paris*, 1843, 2 vol. gr. in-8, avec 60 grav., cart., ébarbés.

432. — VOYAGES DE GULLIVER dans les contrées lointaines, par Swift, édition illustrée par Grandville, trad. nouvelle. *Paris*, *Furne et Fournier*, 1828, 2 tomes avec un frontispice sur Chine volant et 450 vignettes sur bois dans le texte en 1 vol. in-8, dem.-rel. dos et coins de mar. r., tr. sup. dorée, non rog. (*Une cassure au titre du tome II*).

On a intercalé dans ce vol. une suite de 16 gravures de Gavarni, grav. par Colin, Outhwaite et Willmann.

433. — VUES DES RUINES DE POMPÉI, d'après l'ouvrage publié à Londres en 1819, par sir W. Gell et Gaudy, sous le titre de Pompeiana. *Paris*, *Didot*, 1827, in-4, gr. pap. vélin, vignettes, et avec 107 pl. noires et 18 en couleur sur pap. de Chine, dem.-rel. bas. v.

434. — VUES PERSPECTIVES DES PORTS DE FRANCE (Nouvelles), dessinées par Ozanne et grav. par Le Gouaz. *Paris*, *s. d.* (vers 1780), in-4 obl., titre et 68 pl. grav., dem.-rel. parch. vert.

435. — WATTEAU, GÉRICAULT, E. DELACROIX, DECAMPS, LELEUX, J. DUPRÉ, FRANÇAIS, et autres (D'après). Recueil de 30 lithographies faisant partie de la Collection des Artistes contemporains, etc., in-fol.

Belles épreuves sur Chine. — Toutes sont avant la lettre, sauf une pièce.

436. — WILLEMIN (N.-X.). Monuments français inédits pour servir à l'histoire des arts depuis le VIe siècle jusqu'au XVIIe, choix de costumes civils et militaires, d'armes, armures, instruments de musique, meubles de toute espèce, etc., dessinés, gravés et coloriés d'après les originaux, avec texte historique et descriptif, par A. Pottier. *Paris*, 1839, 2 vol. in-fol., avec 300 planches noires et coloriées, dem.-rel. dos et coins de mar. vert, tranches sup. dor., non rog.

437. — YUNG. Album de 20 batailles de la Révolution et de l'Empire, d'après les aquarelles de Yung. *Paris*, *Plon*, *s. d.* (vers 1855), in-fol. obl. de 20 pl. color.

THÉATRE. — HISTOIRE ET ICONOGRAPHIE DU THÉATRE. — COSTUMES ET PORTRAITS D'ACTEURS ET D'ACTRICES, ETC.

438. — ALBUM CASTELLI, portraits des principaux artistes de la troupe enfantine de Castelli, avec des notices sur chaque petit acteur, par Ch. Richomme, dessins de L. Lassalle. *Paris, L. Janet, s. d.* (1836), pet. in-8, avec un frontisp. et 12 portraits en pied, dem.-rel. bas. (*Légère tache à la marge du fond*).

439. — ALBUM DE L'OPÉRA, principales scènes et décorations les plus remarquables des meilleurs ouvrages représentés sur la scène de l'Académie royale de musique, dessins de Baron, Devéria, Français et C. Nanteuil. *Paris, s. d.*, in-4, avec 24 planches coloriées, cart., ébarbé.

440. — ALOPHE. Les Danseuses de l'Opéra, costumes des principaux ballets. *Paris, bureau des Modes Parisiennes, s. d.*, album in-4 de 14 planches color., couvert. impr.

441. — ANNUAIRE DRAMATIQUE DE LA BELGIQUE. *Bruxelles*, 1839-1847, 9 vol. in-12, dem.-rel. v. rose.

442. — ARCHITECTONOGRAPHIE DES THÉATRES, ou parallèle historique et critique de ces édifices, considérés sous le rapport de l'architecture et de la décoration, par A. Donnet, Orgiazzi et A. Kaufmann. *Paris*, 1837-1840, 2 vol. in-8 de texte, br. et 2 séries de 25 et 44 planches grav. en 1 vol. in-4, dem.-rel. bas. viol.

443. — ARNAL (E.). Répertoire du théâtre du Vaudeville. Liste de mes rôles, nombre de mes rôles joués dans chaque mois de l'année, depuis le 1er avril 1829 jusqu'au 31 mars 1827. 2 vol. in-8, dem.-rel. v. rose.

MANUSCRIT AUTOGRAPHE D'ARNAL, rédigé par lui-même, jour par jour.

444. — BALS DE L'OPÉRA, costumes du quadrille historique. *Paris*, *Rittner et Goupil*, *s. d.*, titre et 16 lith. gr. in-fol. par Devéria, Lami, etc., en feuilles, col.

445. — BEAUTÉS DE L'OPÉRA (LES), ou chefs-d'œuvre lyriques illustrés par les premiers artistes de Paris et de Londres, avec un texte explicatif par Th. Gautier, J. Janin et Phil. Chasles. *Paris*, *Soulié*, 1845, gr. in-8, texte entouré de bordures en coul., nombr. portr. et vignettes, rel. orig. en percal., tr. dor.

446. — BRIGANDS (Les), *Paris*, *impr. Becquet*, 10 pl. de costumes par Draner. — Le petit Faust de Hervé. *Paris*, *impr. Bertauts*, 8 pl. de costumes par le même, col. — Le petit Faust. *Paris*, *impr. Bertauts*, 4 lithogr. par A. Lamy. — Le petit Faust, chœur des soldats, illustré par H. de Sta, album, in-8, br. — Ens. 22 pl. in-4, et un album.

447. — CHRONIQUEUR DÉSŒUVRÉ (Le) ou l'espion du boulevard du Temple, cont. les annales scandaleuses et véridiques des directeurs, acteurs

et saltimbanques du boulevard, avec un résumé de leur vie et mœurs (par Mayeur de S. Paul). *Paris*, 1782-83, 2 part. — Le vol le plus haut, ou l'espion des princip. théâtres de la capitale. *Paris* (vers 1783). Ens. ou 2 ouvr. en 1 vol. in-8, dem.-rel., dos et coins de mar. v.

Le titre du second ouvrage, le Vol le plus haut, manque.

448. — COLLÉ (Ch.). Journal historique, ou mémoires critiques et littéraires, sur les ouvrages dramatiques et sur les événements les plus mémorables de 1748 à 1772. *Paris*, 1807, 3 vol. in-8, dem.-rel. v. fauve. — Correspondance de Collé, faisant suite à son journal, et fragments inédits, publ. par H. Bonhomme. *Paris*, 1864, gr. in-8, portr. et facsimile, br.

448. (*bis*). — PETITE GALERIE DRAMATIQUE. *Paris, Martinet, s. d.*, recueil de 500 planches coloriées en 5 vol. in-8, dem.-rel., bas. r., non rogn.

449. — COLLECTION DE PARIS-THÉATRE, publication littéraire et artistique cont. les portraits et les biographies des célébrités du théâtre contemporain (par E. Paz, F. Jahyer, etc.) *Paris*, 1873-78, 5 années ou vol. gr. in-4, avec 260 portr. photogr., br.

V. Hugo. — Barrière. — George Sand. — Henry Monnier. — Frédérick Lemaître, etc., etc.

450. — CONVIVES DU GNOUF-GNOUF (Les), par L'héritier. Août 1861. Recueil de 40 portraits-charges *à l'aquarelle, par Lhéritier*, avec légendes en vers manuscrites et autographes du même, montés dans un album in-4 obl., rel. en toile, tr. dor.

Dessins originaux très bien exécutés par Lhéritier, parmi lesquels on remarque les portraits charges de plusieurs acteurs du Palais Royal, et de quelques auteurs qui ont écrit pour ce théâtre, savoir : Murger, Siraudin, De La Cour, Grassot, Samson, Derval, Hyacinthe Duflot, Millaud, Brasseur, Plumkett, Oury, Luguet, Duhard, Mercier, De Lannoy, Fizelier, Pellerin, Du Moutier, Lhéritier, Amant, Dormeuil, Fillon, Poirier, De Launay, Kalekaire, etc.

451. — COSTUME AU THÉATRE (Histoire du), de-

puis les origines du théâtre en France jusqu'à nos jours. *Paris*, 1880, gr. in-8, pap. vélin, avec 27 dessins originaux tirés des archives de l'Opéra et reproduits en fac-simile, br.

452. — COSTUMES ET ANNALES DES GRANDS THÉATRES DE PARIS, par d'Auberteuil et Levacher de Charnois. *Paris*, 1786-1789, 4 années en 7 vol. in-8, avec 176 figures au lavis et coloriées d'après Duplessis-Bertaux, Le Barbier, etc., dem.-rel. bas. ant.

453. — COSTUMES D'ACTEURS DES THÉATRES DE PARIS dans leurs rôles, 17 pièces dont trois avant la lettre faisant partie de la Correspondance théâtrale de Perlet, in-8, col.— Costumes de théâtre gravés par Rousseau, etc., vers 1793, 8 pièces in-8, dont 7 col. — Ens. 25 pièces.

454. — COSTUMES DE THÉATRE (Recueil de), publ. par Vizentini, comédien du Roi, d'après les dessins de A. Garnery et H. Lecomte. (*Paris, lith. Engelmann, vers* 1821), gr. in-8, titre gr. et 145 pl. col., dem.-rel., cuir de Russie, ébarbé seulement. (*Tome I*).

455. — DICTIONNAIRE LYRIQUE, ou histoire des opéras, depuis l'origine de ce genre d'ouvrage jusqu'à nos jours par F. Clément et P. Larousse. *Paris, s. d.* (1872), gr. in-8, avec 2 suppléments, br. — Histoire de la musique dramatique en France depuis ses origines jusqu'à nos jours, par G. Chouquet. *Paris*, 1873, gr. in-8, br.

456. — DIVERSES TROUPES DE THÉATRE (Histoires de), 1866-79, 7 vol. in-8, pap. vergé teinté, avec de nombreux portraits à l'eau-forte de H. Lefort, Fugère et F. Hillemacher. (Ce lot pourra être divisé.)

La troupe de Voltaire, *Lyon*, 1877, 1 vol. — La troupe de Talma, *Lyon*, 1866. 1 vol. — La Comédie Française pour servir de complément à la troupe de Talma, *Lyon*, 1876, 1 vol. — La troupe de Nicolet. *Lyon*, 1869, 1 vol. — Les acteurs français, mimes et paradistes, complément à la troupe de Nicolet. *Lyon*, 1877, 1 vol. — Feu Séraphin, histoire de ce spectacle depuis son origine jusqu'à sa disparition, 1776-1870. *Lyon, impr. de L. Perrin*, in-8, pap. vergé, teinté, portr. et figures à mi-page de Hillemacher, br. — Le Cirque Franconi, et ses principaux écuyers *Lyon, impr. de L. Perrin*, in-8, pap. teinté avec portraits à l'eau-forte, par F. Hillemacher, br. — Galerie historique des comédiens français avec des détails biographiques inédits, recueillis sur chacun d'eux, par E. de Manne et C. Ménétrier. *Lyon*, 1879, in-4, nombr. portr.

457. — DORVAL (Marie). 1798-1849, documents inédits, biographie, critiques et bibliographie. *Paris*, 1868, in-12, dem.-rel. percal. non rogn. (*Envoi signé Em. Coupy.*)

Exemplaire dans lequel on a intercalé 11 lettres autographes, curieuses et intéressantes, de Mme Dorval, Virginie Ancelot, Marceline Valmore, Luguet, Merle, etc.

458. — FRANCE THÉATRALE (La). *Paris*, 4 juin, 1re année, no 1 au no 55, 14 décembre 1843, en un vol. in-4, avec 23 planches color., représentant les principaux rôles des pièces en vogue, dem.-rel., bas. v.

459. — GEORGES (Mlle). Recueil factice de 12 portraits de divers formats, la plupart lithogr. d'après Fauconnier, Geoffroy, etc., dont plusieurs la représentent dans ses rôles.

On a contrecollé au bas d'un de ces portraits, lithographié par Motte d'après Fauconnier, la signature autographe de Mlle Georges.

460. — GALERIE DES ARTISTES DRAMATIQUES DE PARIS, 80 portraits en pied, dessin. d'après nature par A. Lacauchie, et accomp. d'autant de portraits littéraires (par J. Janin, Guinot, etc.). *Paris, Marchant*, 1841, 2 vol. in-4, portr. s. Chine, chagr. bl., fil., dent., tr. dor.

461. — GALERIE DES ARTISTES DRAMATIQUES VIVANTS (Nouv.), contenant 80 portraits en pied peints et gravés sur acier par Ch. Geoffroy, avec notices par A. Dumas, Baudelaire, G. Bell, Th. de Banville, Ph. Boyer, etc. *Paris, s. d.* (vers 1855), 2 vol. in-4, fig., dem.-rel. dos et coins de mar. vert.

462. — GALERIE THÉATRALE, ou collection des portraits en pied des principaux acteurs des premiers théâtres de la capitale. *Paris, Bance aîné, s. d.*, 3 tom. en 2 vol. in-4, front. gr., nombr. portr. d'après Favart, etc., gr. par Prudhon, dem.-rel. dos et coins de mar. r., dos orné, fil., tête dor., non rog.

Cet exemplaire ne contient que la suite des portraits en noir. De celle en couleur, il n'y a qu'une seule planche, savoir : Le portrait de Mad. Gonthier.

463. — GAVARNI. Nouveaux travestissements pour le théâtre et pour le bal. *Paris, Hautecœur, s. d.*, 78 planches coloriées en 2 vol. in-fol., rel. toile. — Douze nouveaux travestissements, par le même. gr. sur acier par Portier. *Paris*, 1856, 12 planches color. en 1 vol. gr. in-4, br.

464. — HERCULE ET OMPHALE, tragédie. *S. l., imp. de Berger Levrault à Strasbourg*, 1866, in-12, pap. de Hollande, figures en photographie, br.

Tiré à 50 exemplaires.

465. — HOUSSAYE (Arsène). La Comédie française, 1680-1880. *Paris*, 1880, in-fol., nombreux portraits en photogravure sur Chine, etc., en livraisons.

466. — JANIN (Jules). Histoire de la littérature dramatique. *Paris*, 1853-1858, 6 vol. in-12, dem.-rel. mar. r. — Almanach de la littérature, du théâtre et des beaux-arts, par le même. *Paris*, 1853-1865, 13 années ou vol. pet. in-8, br. — Debureau. Histoire du théâtre à quatre sous, par le même. *Bruxelles*, 1836, in-18, br.

467. — MAGASIN THÉATRAL (Le), choix de pièces nouvelles jouées sur tous les théâtres de Paris. *Paris, Marchand*, 1834-1841, 30 vol. gr. in-8, fig. dem.-rel. percal., non rogn.

468. — MARS (Mlle). Recueil de 12 portr., dont plusieurs la représentent dans ses rôles, de divers formats, lith. et gr. à l'eau-forte, etc., par Lecler,

Chasselat, etc., y compris un dessin à la mine de plomb, signé Vigneron et qui peut lui être attribué.

469. — MASQUE DE FER (Le), correspondance adressée au prince-duc de ***, sur la littérature, les beaux-arts, les mœurs, les théâtres et les journaux. *Paris*, 5 janvier au 10 juillet 1825, 2 vol. in-8, dem.-rel. v. fauve.

470. — MIMOGRAPHE (Le) ou idées d'une honnête femme pour la réformation du théâtre national (par Rétif de la Bretonne). *Amsterdam* (*Paris*), 1770, in-8, v. marbr., fil.

471. — MIROIR DES SPECTACLES (Le), des lettres, des mœurs et des arts, publ. par A. Jal, Jouy, Arnault, Dupaty, Gosse et Cauchois-Lemaire, etc. *Paris*, 15 février 1821 au 31 juillet 1822 (nos 1 à 554) et du 1er janvier au 24 juin 1823 (nos 706 à 880). — Ens. 4 vol. in-4, cart., non rogn.

472. — MONDE DRAMATIQUE (Le), revue des spectacles anciens et modernes, artistique et littéraire. *Paris*, 1835-1841, 10 vol. gr. in-8, fig. noires et color., dem.-rel., dos et coins de mar. rouge.

Curieuse et immense collection, à laquelle ont pris part les principaux écrivains modernes, critiques et littérateurs. Elle renferme des pièces entières, proverbes, etc., des extraits de pièces originales ou traduites, des fragments de mémoires, de biographies, des dissertations littéraires, etc. Ce recueil est orné d'une grande quantité de vignettes, culs-de-lampe, portraits d'acteurs, gens de lettres, etc., vues de théâtres et de décorations, costumes, etc. *(Article extrait du catalogue Soleinne).*

473. — MONNIER (Henry). Recueil factice de 24 pièces lith. dont plusieurs portraits d'acteurs dans leurs rôles, in-8 et in-4, en feuilles, en noir et col.

Galerie théâtrale. *Paris, H. Gaugain*, 15 pl. séparées. — H. Monnier dans le Contrebandier, 1 pl. — Vernet dans Carlin. *Paris*, lith. de Delpech, 1 pl. — Vernet, rôle de Manrique dans M. Cagnard. 1 pl. — Fontenay dans Léonide. *Paris, lith. de Feillet*, in-8, sur Chine. — L. Monrose, rôle de Lafleur. *Paris, lith. Rigo*, 1 pl. — Mad. Lafond, rôle de Louise dans l'Espionne, 1 pl. col. — Clément, rôle de Vertigo, dans les Mémoires contemporains, 1 pl. col. — Bernard Léon, rôle de Franval dans la Mansarde des Artistes. — Mad. Carmouche (Jenny Vertpré), rôle de Christine dans la Reine de 16 ans, in-4, col. — Etc.

474. — MYSTÈRES DES THÉATRES DE PARIS (Les), observations ! indiscrétions !! révélations !!! par un vieux comparse (Tuffet, ex-comédien). *Paris*, 1844, in-12, avec 12 gravures, dem.-rel. v. fauve.

475. — PANDORE (La), journal des spectacles, des lettres, des arts, des mœurs et des modes. *Paris*, 1er janvier 1824 au 30 juin 1828 (nos 170 à 1909). 1,740 numéros en 9 vol. in-4, cart., non rogn.

476. — PROCÈS DU THÉATRE FRANÇAIS. *Paris*, 1818, 9 mémoires en un vol. in-4, avec plans, dem.-rel. bas.

Mémoire pour le duc d'Orléans, demandeur, contre le sieur Jullien, propriétaire du Théâtre Français, défendeur. — Discussion sur les apanages. — Plans relatifs au Palais-Royal, et discussion des questions qu'ils ont fait naître au procès, avec 6 plans coloriés. — Mémoire à consulter et consultation, 2 part. in-4, avec un plan. — Observations de M. Jullien additionnelles au mémoire à consulter. — Mémoire à consulter et consultation, 2 parties in-4. — Résumé servant de réponse pour M. Jullien, contre le duc d'Orléans. — Points de fait et de droit les plus importants, pour les adjudicataires originaires de la salle ; contre le duc d'Orléans. — Exemplaire de Lacroix-Frainville, un des avocats consultants.

477. — PORTRAITS D'ACTEURS ET D'ACTRICES des théâtres de Paris, la plupart dans leurs rôles. Recueil factice de 324 pièces de divers formats, dont 308 *dessinées à l'aquarelle, aux trois crayons, à la sépia, à l'encre de Chine, à la mine de plomb*, etc., d'après Allou fils, Carmontelle, Carle Vernet, Carle Delaunay, etc., etc., la plupart montées, et 16 gravures. (*Ce numéro pourra être divisé.*)

1. — Arnould (Sophie). 9 dessins, dont 4 en pied d'après Carmontelle, etc.

2. — Arsène (Mlle), du théâtre du Vaudeville. 11 dessins de petit format, dont deux pièces la représentent dans *Jeanne d'Arc* et *La Présence d'esprit*, d'après C. Vernet, Dutertre.

3. — Belonde, acteur. 5 dessins de petit format, à la sépia.

4. — Bellonde (Mlle Fr. Cordon de), actrice du théâtre de Nicolet, dans ses rôles dans les pièces : *Polyeucte, le Bourgeois Gentilhomme, le Malade imaginaire*, etc. 14 dessins, dont 4 de format in-fol., montés sur 7 cartons.

5. — Mlle Comte, dans ses rôles de Dorine, du *Tartuffe*, et de Martine, du *Médecin malgré lui*. 2 dessins à l'encre de Chine, in-fol.

6. — Mlle Colombe l'aînée, actrice du théâtre de la Foire. 41 dessins à l'aquarelle, à l'encre de Chine, etc., d'après Allou, Carmontelle, etc.

7. — Mlle Colombe cadette. Portr. in-fol. aux crayons r. et noir.

8. — Mad. Dugazon, actrice de l'Opéra-Comique, etc. 45 pièces dess. à l'aquarelle, à la mine de plomb, etc., d'après Allou fils, etc. (y compris un dessin à la mine de plomb, signé : Duché de Vancy, en 1785, et qui peut lui être attribué).

9. — Dugazon. Dessin pet. in-8, au crayon noir.

10. — Mlle Dupont, du Théâtre Français. 17 pièces, dont 14 dessins à l'aquarelle, au crayon rouge, etc. (y compris une pièce signée Dutertre, et qui peut lui être attribuée), et 3 lithographies.

11. — Mlle Dutey, (sic) danseuse de l'Opéra. 13 dessins de petit format, à l'encre de Chine, aux crayons rouge et noir, etc., d'après Carmontelle, etc.

12. — Mlle Duménil, costume de début, dessin pet. in-4 aux crayons r. et noir, d'après Martin père.

13. — Mlle Rose Dupuis, actrice du Théâtre Français. 12 pièces dont 9 dessins à l'aquarelle, à la sépia, etc., d'après Carmontelle, Carle Delaunay, etc., et 3 lithographies.

14. — Mlle Charlotte Dupuis, actrice de l'Opéra. 7 dessins de petite dimension, à l'aquarelle, et à la mine de plomb.

15. — Mlle Dupuis, actrice du théâtre de la Foire. 9 dessins, dont 3 de format in-fol., aux crayons r. et n., et 6 de petit format à l'aquarelle, etc., d'après Allou, Carmontelle, etc.

16. — Duriez, mime du Palais-Royal. 2 dessins au crayon noir reh. de blanc, pet. in-4.

17. — Favart. Dessin à l'encre de Chine, in-16.

18 — Mad. Favart, actrice du théâtre de la Foire. 6 dessins à l'aquarelle, à la sépia, etc., y compris une pièce in-4 aux crayons rouge et noir, datée de novembre 1763, qui la représente dans le rôle de Bastienne.

19. — Mlle Fargueil. Portr. en pied, in-4, dessiné à la mine de plomb, signé E. L.

20. — Lekain. 3 portr. dont un dessin in-16, à la sépia.

21. — Levasseur. 2 pièces, dont un dessin de petit format à la mine de plomb, le représent. dans l'opéra de *Guillaume Tell*, et une lith. par Lacauchie sur Chine avant la lettre.

22. — Mlle Maillard, actrice de l'Opéra. 26 dessins à l'aquarelle, à l'encre de Chine, aux 3 crayons, etc., d'après Allou fils, Carmontelle, etc., montés.

23. — Mad. Malibran. 2 portraits dont un dessin à mi-corps au crayon noir signé C. B. (Clément Boulanger), et une lithographie.

24. — Mlle Mante, du Théâtre Français. 12 portraits, dont 9 dessinés à la sépia, aux crayons rouge et noir, à la mine de plomb, etc., d'après Bouchardy, Granet, Bouchot, Benj. Roubaud, etc., et 3 lithographies.

25. — Mlle Mencken, dans les *Pirates de la Savane*, dessin gr. in-fol. à la sépia, signé L. Dien.

26. — Michu, acteur de la Comédie Italienne. 28 dessins à l'aquarelle, aux crayons r. et n., etc., d'après Allou, Chrétien, etc., montés.

27. — M. et Mad. Michu. 20 dessins (12 de Michu et 8 de sa femme), à l'aquarelle, etc., montés sur 7 cartons.

28. — Mlle Minette, du théâtre du Vaudeville. 21 portr. dessinés à l'aquarelle, à l'encre de Chine, d'après Carle Delaunay, Genti, etc., montés sur 10 cartons.

29. — Zélie Molard, actrice du théâtre de la Porte St-Martin. 5 portr. dont 4 dessins à l'aquarelle, au crayon noir, d'après Genti, etc., et une lithographie.

30. — Potier, acteur des Variétés. 5 portr. dont un dessin à la mine de plomb, signé Vigneron et qui peut lui être attribué.

31. — Mlle Raucourt. 3 portraits, dont un dessin à l'encre de Chine, et une eau-forte, avant la lettre, etc.

32. — Mad. Saint-Aubin. 2 portr. dont un joli dessin à la mine de plomb sur peau de vélin, et une gravure en coul. la représentant dans *Lucette et Lucas*.

33. — Vestris. 2 portr. dont un dessin à la mine de plomb, et au crayon noir, signé J. Rozier (qui peut lui être attribué) et une gravure d'après Roberts.

478. — PORTRAITS D'ACTEURS ET D'ACTRICES contemporains des différents théâtres de Paris, dont le Français, l'Opéra, l'Opéra-Comique, les Variétés, etc., etc., la plupart photographiés d'après nature par Disderi, Reutlinger, etc. Recueil factice d'environ 4,000 pièces in-16 et in-8, montées.

479. — PORTRAITS D'ACTEURS ET D'ACTRICES des théâtres de Province, principalement de ceux de Nantes. Recueil factice de 370 photographies d'après nature par Lory, Peigné, etc., de divers formats, montées.

480. — PORTRAITS D'ACTEURS ET D'ACTRICES du Théâtre Français, dont plusieurs en pied les représentant dans leurs rôles, etc., de divers formats. Recueil factice de 100 pièces de divers formats lith. et gr. à l'eau-forte, d'après H. Vernet, C. Nanteuil, Lacauchie, Galard, etc. (*Ce numéro pourra être divisé.*)

Armand. 2 pièces. — Baptiste aîné. 4 pièces, dont une eau-forte par Duplessis-Bertaux (rôle de François dans les Deux Frères).— Mlle Bourgoin. 4 pièces dont une d'après Sicardi, gr. par Bertonnier. — Mlle Brocard. 2 pièces, dont une par Boulanger, col. — Madeleine Brohan, 4 pièces, dont une lithogr. par Lacauchie avant la lettre sur Chine. — Cartigny. 2 pièces. — Mlle Contat. 2 pièces dont une gr. par Copia. — Damas. 2 pièces. — Delaunay, lith. par Lacauchie, avant la lettre, sur Chine. — Mlle Demerson. 2 pièces. — Mlle Denain. — Desessarts, eau-forte à l'adresse de Naudet, in-8. — Desmousseaux. 2 pièces. — Desforges, dans le rôle d'Argante, des Fourberies de Scapin, pet. in-4, dess. et gr. en coul. par Galard. — Mad. Dorval, lith. de C. Nanteuil. — Mlle Dubois. — Mlle Duchesnois. 6 pièces. — Dupuis (Eulalie). — Firmin. 3 pièces, dont une par Lacauchie avant lettre sur Chine. — Delphine Fix. — Fleury. — Mlle Gaussin. — Grandville. — Joanny. 2 pièces. — Mlle Judith, d'après Gigoux gr. par Rifaut, sur Chine. — Lafond. 4 pièces. — Mlle Leverd. 3 pièces. — Ligier. 3 pièces. — Michelot. — Mont-Fleury. — Monrose. 3 pièces. — Morales. — Nathalie.

— Noblet. — Mme Paradol. — Mlle Plessy. 3 pièces. — Préville. — Provost. 7 lith. in-4 sur Chine par Ch. Vogt. dont 4 avant la lettre, plus 1 portr. charge. — Mlle Rachel. 5 pièces dont 3 lith. par Lacauchie, avant lettre, sur Chine. — Regnier, lith. in-fol. par Grevedon, sur Chine. — Samson. 2 p. dont une lith. avant la lettre s. Chine. — Saint-Prix. 2 pièces in-4 dont une de l'époque de la Révolution le représentant dans le rôle du card. de Lorraine, tragédie de *Charles IX*, de Chénier. — Thénard. — Mad. Tousez. — Mlle Verneuille. — Etc.

481. — PORTRAITS DES 16 ACTEURS de la Comédie-Françoise qui ont joué le Mariage de Figaro de Beaumarchais sur ce théâtre, gravés à l'eau-forte par Hillemacher, recueil de 16 pièces gr. in-8, en feuilles.

482. — PORTRAITS D'ACTEURS, D'ACTRICES, de danseurs et danseuses, etc., de l'Opéra, dont plusieurs les représentent dans leurs rôles, plus quelques figures représentant des scènes d'Opéra. Recueil factice de 104 pièces de divers formats, eaux-fortes, lithographies, etc., par Armand, Vigneron, Devéria, etc., plusieurs sur Chine, en feuilles.

Adrien. — Albert. — Anatole. — Mlle Nadéjda Bagdanoff, par Derancourt, sur Chine. — P. Baroilhet, 3 portr., dont une eau-forte par Armand, d'après Couture, sur Chine. — Mlle Bigottini. — Mad. Branchu, 2 pièces. — Coulon. — Dabadie, 2 lith. — Mad. Dabadie. — Dervis, 2 lith. — Mad. Dorus Gras. — Dupré, 5 pièces, dont une lithogr., par Lacauchie, sur Chine, avant la lettre. — Fanny Essler, 3 pièces lith. par Grevedon, etc. — Mad. Fabri. — Ferdinand. — Mlle Fuoco. — Gardel, 2 lith. — Mlle Grassari, 4 pièces. — Carlotta Grisi, 2 pièces. — Mlle Guimard. — Lablache, dans Henri VIII, par Devéria, et dans le rôle de Falstaff, par Falabert. Ens. 2 lith. in-fol. — Mlle Lacroix. — Lainez. — Launer. — Lays. — Mlle P. Leroux et Elie. — Mlle Louisa. Marzillier. — Masson. — Mlle S. Méquillet. — Milon. — Montjoie. — Mlle Mori. — Mlle Nau. — Mlle Noblet, 5 lith., dont une avant la lettre. — Nourrit, 6 pièces, d'après Vincent, Vigneron, etc., gr. par La Richardière, etc. — Paul, 2 pièces. — Mlle Quiney. — Mlle de Roissy. — Rosine Stoltz, 3 pièces. — F. St-Léon. — Mlle Taglioni, 4 lithogr. par Vigneron, etc. — Anna Thillon. — Warot. — Mad. Van Gelder, lith. par Lacauchie, avant la lettre, sur Chine. — Etc., etc.

483. — PORTRAITS D'ACTEURS ET D'ACTRICES du théâtre de l'Opéra-Comique, dont plusieurs les représentent dans leurs rôles. Recueil factice de 92 pièces, dont 77 portraits de divers formats, la plupart lithogr. d'après Vigneron, Lacauchie,

Marin, etc., etc., et 8 gravures représentant des scènes de pièces représentées à ce théâtre, en feuilles.

Audran. — Mad. Belmont. — Mad. Blanchard. — Mad. Boulanger, 4 portr. différents. — Juliette Borghese, par Desmaisons. — Carlin, 2 pièces pet. in-4, dont une en couleur. — Chenard, 3 portr. — Chollet, 3 portr. — Clairval. — Jenny Colon, par L. Noel. — Louise Contat, 2 portr. d'après Ruhlman et Flahaut. — Mad. Darcier. — Mad. Damoreau. — Cinti, 4 portr. — Mad. Desbrosses, 2 pièces. — Mlle Duez, par Alophe. — Elleviou, 5 pièces dont 3 col., d'après Carle, Joly, etc. — Féréol. — Eugénie Garcia, lith. par Gsell d'après Etex. — Gavaudan, 2 pièces. — Mad. Gavaudan, 2 portr. — Herrmann Léon. — Huet, 5 pièces. — Lafeuillade, 2 portr., dont un sur Chine, par Marin. — Mlle Lavoye, 4 portr. — Mlle Lemercier, dans l'Etoile du Nord, 2 lith. par Lacauchie, sur Chine, avant la lettre. — Lemonnier, 2 portr. — Mad. Lemonnier, 4 lith. — Martin, 2 lith. — Mocker, 2 lith., dont une in-4, en méd., sur Chine, avant la lettre, avec un envoi autogr. signé à Virginie (Desjazet). — Ponchard, 3 portr., dont deux sur Chine, gr. par Bertonnier, Aumont, etc. — Mad. Pradher, 5 lith. par Chasselat, Garnier, etc. — Mad. Rigaud. — Roger, 6 portr., dont 3 lith. par Lacauchie, avant la lettre, sur Chine. — Mlle Rouillé, gr. par David d'après Geoffroy, sur Chine. — Mad. Saint-Aubin. — Répétition du « Nouveau Seigneur », opéra-comique, pièce in-4, gr. vers 1816, col. — Etc., etc.

484. — PORTRAITS D'ACTEURS ET D'ACTRICES du théâtre de l'Odéon. Recueil factice de 34 pièces, la plupart in-4, lithograph. d'après Vigneron, Marin, etc., en feuilles.

Mlle Anais. — Barré. — L. Bigot. — Bocage. — Mlle Charton. — — Crécy, 2 portr. — David, 3 pièces, dont une d'après Vigneron, portant la signature autographe au crayon de David, et ces mots : « *La copie est plus heureuse que l'original.* » — Delmence. — Eric Bernard. — Mlle Falcon. — Mlle Gros. — Joanny, 3 portr., dont un d'après Colin, sur Chine — Lecomte. — Mad. Letellier. — Milon. — Mad. Montano. — Thenard. — Valère. — Mad. Valère. — Victor. — Mlle Wenzel, 2 portr.

485. — PORTRAITS D'ACTEURS ET D'ACTRICES du théâtre du Gymnase (et de Madame), plusieurs dans leurs rôles. Recueil de 34 pièces, la plupart lithogr. par Vigneron, Lacauchie, etc.

Beauvalet. — Bernard, Léon, 4 lith. par Vigneron, etc., dont une sur Chine, avec un envoi autogr. de Bernard Léon ainsi conçu : « A Virginie Desjazet. »

« Si tu pouvais, ô Virginie,
Dont le talent est sans égal,
Voir dans les yeux de la copie
L'amitié de l'original. »

« Bernard Léon. »

Bouffé, 3 lith. par Lacauchie, etc. — Mlle Désirée. — Mad. Dormeuil, 7 lithogr. dont une en double. — Dupuis. — Mlle Fleuriet. — Francisque Jeune. — Gonthier. — Mad. Julienne. — Klein, d'après Vigneron, avec sa signature autographe. — Rose Chéri, 3 pièces. — Mad. Théodore. — Perlet, 5 pièces. — Romainville. — Mad. Volnys.

486. — PORTRAITS D'ACTEURS ET D'ACTRICES du théâtre de la Porte-Saint-Martin, la plupart dans leurs rôles, etc. Recueil de 34 pièces de divers formats, la plupart lith. par Lacauchie, Vigneron, etc.

Mad. Adolphe, 6 lithogr. dont 2 sur Chine. — Mad. Allan-Dorval, 5 pièces. — Mlle A. Amand. — Mlle Angèle. — Mad. Cénau. — Dumaine. — Mlle Dumouchelle. — Lola Montès (danseuse), 2 pièces, — — Mlle V. Klotz, 2 pièces. — Mazurier, 2 pièces. — Mad. Melingue, lith. avant la lettre. — Philippe, 3 pièces. — Louise Pierson, 6 lith., dont une par Lacauchie, sur Chine, avant la lettre. — E. Pierson. — Thérigny. — Etc., etc.

487. — PORTRAITS D'ACTEURS ET D'ACTRICES du théâtre de l'Ambigu-Comique, dans leurs rôles, etc. Recueil de 26 pièces lith. par Lacauchie, etc., plusieurs sur Chine, quelques-unes col., plus un opuscule.

Baron. — Chilly. — Mlle Eléonore. — Frenoy, 2 pièces. — Mad. Guyon. — Guyon. — Lacressonnière. — Laurant. — Lemaître (Frédérick), 4 pièces dont une lith., par C. Nanteuil, coloriée, le représentant avec Serres dans la pièce de l' « Auberge des Adrets », un portrait en pied, par Lacauchie, sur Chine, avant la lettre ; une notice nécrologique par Ch. Veudries, ave une vignette par A. Lionnet, etc. — Mad. Levesque. — Matis. — A. Mauzin. — Mélingue, 4 pièces, dont 2 sur Chine. — Ménier. — Raffille, 2 pièces. — St-Ernest. — Verner. — Villeneuve.

488. — PORTRAITS D'ACTEURS ET D'ACTRICES du théâtre du Vaudeville, la plupart dans leurs rôles, plus quelques pièces représentant des scènes de théâtre. Recueil factice de 23 pièces de divers formats par Vigneron, Colin, etc.

Amant. — Sophie Belmont, dans le rôle d'Agnès Sorel. *Paris, Godefroy*, in-4, col. — Mad. Bras. — Mlle Clara, 2 lith. — Mlle Dussert. — Fechter. — Fontenay. — Mlle Geoffroy. — Mad. Hervey. — Joly. — Lepeintre aîné. — Mlle Minette. — Philippe. — Pitrot. — Mad. Thénard, 2 lithogr. — Mlle Victorine. — Mlle Willmen. — Les Montagnes russes au Vaudeville. *Paris, Martinet*, in-4 obl., col. — Les Six pantoufles ou le rendez-vous des Cendrillons au Vaudeville. *Paris, Chéreau, s. d.*, in-4 obl., color. — Etc.

489. — PORTRAITS DES ACTEURS ET ACTRICES du théâtre des Variétés, la plupart dans leurs rôles, etc. Recueil de 58 pièces, la plupart lithogr., par J. Vernet, Vigneron, etc.

Virginie Déjazet, 21 pièces, dont 13 lithogr. par Lacauchie, sur Chine, avant lettre. — Arnal, 4 pièces. — Brunet, Potier et Vernet dans les Anglaises pour rire. *Paris, Martinet*, gr. in-4, col. — Brunet, 4 portr. en pied, dont un in-8, à l'eau-forte, avant la lettre, col. ; un autre lith. d'après Ruhlmann, avec un envoi aut. signé de Brunet à Virginie Déjazet. — Bardou aîné. — Mad. Barroyer, lith. d'après Vigneron, sur Chine, avec un envoi autogr. signé de la même. — Elisa Bois-Gontier. Esther de Bongars. — Jenny Colon. — Mad. Carmouche (Jenny Vertpré), 8 pièces lith. — Heuzey. — Lepeintre, 4 lith. dont 1 col. — Odry, 3 lith., dont une par Vigneron, avec un envoi autogr. signé d'Odry à V. Déjazet, ainsi conçu : « *Offert à Frétillon, Manette, Vert-Vert, Richelieu et tutti quanti, comme on dit en allemand, pour en faire part à la plus spirituellement comique Déjazet, par son épicier et camarade.* » « ODRY ». *Paris*, 30 *janvier* 1840. — Mlle Pauline. — Potier. — Rouget (Adrien). — Vernet, 4 lithogr. — Etc.

490. — PORTRAITS D'ACTEURS ET D'ACTRICES du théâtre du Palais-Royal, dont plusieurs les représentent dans leurs rôles etc. Recueil de 12 pièces par L'Héritier, Lacauchie, L. Noël, etc., la plupart lithograph.

Achard, 2 lith., dont une avec un envoi autographe signé d'Achard. Mad. Duchemin. — Mlle Escousse. — Grassot, 12 petits portraits-charges ou vignettes sur bois. — Mlle Nathalie, 4 lith. par Lacauchie, dont 3 avant la lettre, sur Chine. — Le théâtre du Palais-Royal, 1831-1879, les camarades par leur doyen (L'Héritier). *Pantotypie de Thiel*, pièce gr. in-fol.

491. — PORTRAITS D'ARTISTES DES THÉATRES DE PARIS dans leurs rôles. Recueil de 540 dessins à l'aquarelle, dont 4 pièces portent la signature de Bodin et une celle de Maleuvre, in-8, en feuilles.

Ces dessins, qui paraissent être des originaux, portent de nombreuses indications en marge pour la couleur des étoffes, etc., et au verso de plusieurs on remarque des études ou croquis à la mine de plomb des sujets qui se trouvent au recto. Plusieurs de ces sujets ont été reproduits dans le recueil intitulé *La Petite Galerie dramatique*, et sont probablement les dessins originaux qui ont servi à cette publication. — Parmi les artistes on remarque : Rubini. — Lablache. — Mlle Dupont. — Mlle Mars. — Mlle Georges. — Mlle Grisi. — Etc.

492. — PORTRAITS D'ACTEURS ET D'ACTRICES de divers théâtres de Paris, et scènes de pièces jouées sur ces théâtres. Recueil factice de 50 pièces de divers formats, la plupart lithogr. (*Ce numéro pourra être divisé.*)

Bouffes Parisiens. (Mlle L. Tostée, lith. par Jacotin. — Lise Tautin lith. par Jacotin, avec un *quatrain* en son honneur *autogr. signé de Ch. Foubert*, etc. 3 pièces).— *Funambules.* (Galerie Paul Legrand. lith. par Robineau, avec un envoi autogr. signé de P. Legrand. — Debureau, portr. gr. par Testard, etc.). 3 pièces. — *Théâtre de la Gaeté.* (Mad. Goblet. — Deshayes. — Surville. — Mlle Verneuil. — Ens. 4 lith. par Dollet, etc.). — *Lyrique.* (A. Faivre. — St-Léon et Mad. Guyo-Stephan). — *Théâtre des Nouveautés.* (Mad. Genot, portr. lith. par Delorme, avec un *envoi autogr. signé de Mad. Genot*). 1 pièce. — *Panorama Dramatique.* (Bertin. — Mlle Cheza. — Gautier). 3 pièces. — *Cirque National.* (Mlle Palmyre Anato). 1 pièce. — *Cirque Olympique.* (E. Galland, etc.). 3 pièces. — *Théâtre Italien.* (Barilli. — Mlle Cesari. — Mad. Fodor — Mad. Frezzolini — Grazziani. — Mlle Grisi. — Mad. G. Krauss dans Piccolino. — Mad. Meric-Lalande.— Mad. G. Pasta. 2 pièces.— Rubini, 2 pièces.— Mlle Sontag. 3 pièces.— Mad. Viardot-Garcia. 5 pièces. — Zuchelli. Ens. 22 pièces. — La corde de pendu au Cirque Olympique ; Singes et chiens savants savants au Th. du Jardin Turc ; L'armée des hannetons, aux Folies Dramatiques ; Les éléphants au Cirque Olympique. 4 pièces tirées de la Galerie Dramatique, in-fol. obl., etc.

493. — PORTRAITS D'ARTISTES DE THÉATRES ÉTRANGERS. Recueil de 21 pièces in-fol. et in-4, la plupart lithogr., plusieurs sur Chine.

Emilia Aranyvary (danseuse), in fol. lith. par Canzi Akost, avec un *envoi autogr. signé de E. Aranyvary.* — Elisa Albert Belloc dans le ballet du « Verlichte Teufel. » In-fol. lith. par Dauthage, sur Chine, avec un *envoi autogr. signé de Mad. Belloc.* — Hermine Blanzy, lith. par Kriehuben. — Mlle V. Bourbier, artiste du Théâtre Français à St-Pétersbourg, lith. par Grevedon. — Amalia Brugnoli, lith. par Kriehuben. — Cifolelli, lith. par Baugniet, col. — F. Coletti, lith. par Kriehuben. — Fanny Corri Paltoni, lith par Palmaroli. — E. Duprez, des théâtres royaux de Bruxelles, lith. par Baugniet, col. — Mad. Duvernay. — Sofia Fuoco, d'après A. Bedetti. — Carolina Galetti Rosati, prima ballerina al teatro Carlo-Felice. — Mad. Ronzi de Begnis, a Fatima, lith. d'après Halmann, sur Chine. — Mad. Concepcion Rodriguez, lith. s. Chine. — Louise Rouvray, du théâtre royal de Bruxelles, lith. par Schubert, avec un *envoi aut. signé de Louise Rouvray.* — Mad. Treillet Nathan, rôle de Lucie, lith. par Baugniet, col. — Etc.

494. — PORTRAITS D'ACTEURS ET D'ACTRICES ANGLAIS. Recueil de 9 pièces, dont 4 pièces rela-

tives au Théâtre Anglais à Paris, de divers formats.

M. Alexandre dans les Rogueries of Nicolas, pièce angl. représentée par un seul acteur, le 14 juill. 1826, aux Menus Plaisirs du Roi. In-fol. obl., col. — Miss Bolton, portr. d'après de Wilde gr. par Scriven, s. Chine. — Kean, portr. lith. — Kemble. 3 pièces lith. — Shakespeare, portr. lith. — Mlle Smithson dans Hamlet, etc. — 2 pièces lith. dont une portant la signature du lithographe Ducarme.

495. — I PUPAZZI, texte et dessins par Lemercier de Neuville. *Paris*, 1866, in-12, fig., br., couv. illustrée. — Théâtre des Pupazzi, par le même. *Lyon, Scheuring*, 1876, in-8, pap. vélin teinté, portrait et vignettes à l'eau-forte, br., couv. illustrée.

496. — REGISTRE DE LA GRANGE (1658-1685), précédé d'une notice biographique, publié par les soins de la Comédie-Française. *Paris*, 1876, in-4, pap. vergé de Holl., br.

497. — RISTORI (Adélaïde), album artistique. *Paris, lith. Godard*, 1858, 8 pl. par Lacauchie, dont 7 portraits-costumes col. représent. Mad. Ristori dans ses rôles, cart. orig.

On a ajouté deux portraits de la même, l'un gravé par Geofroy, sur Chine, l'autre lithographié par A. Constantin.

498. — SOUVENIRS ET REGRETS DU VIEIL AMATEUR DRAMATIQUE (Les), ou lettres d'un oncle à son neveu sur l'ancien français (par V. A. Arnault). *Paris, Leclère,* 1861, in-12, pap. de Holl., avec 43 gravures coloriées représentant en pied les acteurs dans les rôles où ils ont excellé, br., couv. imp.

499. — SPECTACLES DE LA FOIRE (Les), théâtres, acteurs, sauteurs et danseurs de cordes, monstres, géants, nains, animaux curieux ou savants, marionnettes, automates, figures de cire et jeux mécaniques des foires St Germain et St Laurent, des boulevards et du Palais-Royal, depuis 1595 jusqu'à 1791, par Em. Campardon. *Paris,* 1877, 2 vol. gr. in-8, pap. vergé de Holl., br.

500. — TALMA. Recueil factice de 15 portr., dont plusieurs en pied, lith. d'après H. Vernet, etc., in-8 et in-4.

Portrait en buste, lith. in-4, dans le genre de Vigneron. (*Avec la signature autogr. de Talma ajoutée*).— Portrait en pied, en costume ville, lith. par Madou, pet. in-4. — Talma rôle de Sylla, d'après H Vernet, lith. de C. Motte, pet. in-4. — Talma n'est plus !... lith. par Boissy, pet. in-4, etc.

501. — THE THEATRES OF PARIS, by Ch. Hervey, illustrated with original portraits, by Alex. Lacauchie. *Paris* 1847, gr. in-8, portr. gr., br.

502. — THÉATRES EN PROVINCE (Recueil factice de 12 pièces et portraits d'artistes, la plupart lithograph. par Plattel, etc., relatifs aux), et 2 vol. in-12, rel. et br.

Revue des théâtres de province, 7 caricatures lith. par Plattel, in-4 obl., col. — Aubrée, du théâtre de Rouen, portr. par Lacauchie, sur Chine. — Mlle Emilie, portr. par L. Noel. — Mad. Lovendal, artiste du théâtre des Variétés, à Bordeaux, portr. par May, sur Chine. — Leclère, du théâtre de Rouen, portr. par De Malecy. — Clara Stephany. — Le théâtre en province, par Carmouche. *Paris*, 1859, in-12, portr. de Carmouche col., v. v. — Etc.

503. — THÉATRES MODERNES DE L'EUROPE, dessins par Clém. Contant, architecte. *Paris*, 1840-1842, 91 planches en 1 vol. — Parallèle des principaux théâtres modernes de l'Europe et des machines théâtrales françaises, anglaises et allemandes, dessins par le même, texte par J. de Filippi. *Paris*, 1859, 2 vol., dont un de 42 pl. — Ens. 2 ouvr. en 3 vol. gr. in-fol., dem.-rel. dos et coins de mar. r., non rog.

504. — VITU (Aug.). La Maison mortuaire de Molière, d'après des documents inédits. *Paris, Lemerre*, 1880, petit in-8, pap. vergé de Holl., avec plans et dessins gravés, br.

HISTOIRE DE PARIS ET DE SES MONUMENTS. MŒURS PARISIENNES. — ÉCRITS HUMORISTIQUES SUR PARIS. — ICONOGRAPHIE DE PARIS.

505. — AFFICHES, ANNONCES ET AVIS DIVERS, première feuille hebdomadaire. *Paris*, 3 janvier 1776 au 25 décembre 1782, 6 années en 3 vol. in-4, dem.-rel. bas.

Manquent 4 pages, de mai 1876, 4 pages de février 1781, et 4 pages d'août 1782.

506. — ALBUM PARISIEN, cent vues gravées au burin par Dureau et Couché fils, et description historique et architecturale des principaux monuments et sites, par Perrot. *Paris*, 1837, in-8 oblong, fig., dem.-rel. mar. r.

507. — ALBUM PITTORESQUE DU VIEUX PARIS, d'après des dessins originaux et authentiques, avec notices historiques et descriptives. *Paris, s. d.* (vers 1868), in-fol. de 24 planches lithographiées en couleur, en feuilles, dans un carton spécial.

508. — ALMANACHS PARISIENS en faveur des étrangers et personnes curieuses, indiq. les monumens des Beaux-Arts répandus dans la ville de Paris et aux environs, etc. *Paris, Duchesne*, 1764, 1772, 1786, 1788, 1792, 1793, 6 années ou vol. in-16, figures, rel. en bas., sauf l'année 1772, couv. en pap.

509. — ALMANACH PARISIEN, pour l'année 1793. *Paris* (1793), in-16, figures, v. marbr. — Almanach des plaisirs de Paris et des communes environnantes, cont. les époques des fêtes, l'indication des jeux, danses et spectacles qui en font l'ornement, avec la désignation des meilleurs traiteurs, etc. *Paris*, 1815, in-18, rel. en toile, ébarbé. — Ens. 2 vol.

510. — ALPHAND (A.). Les Promenades de Paris, histoire, descriptions des embellissements, dépenses de création et d'entretien des bois de Boulogne et de Vincennes, Champs-Elisées, parcs, squares, boulevards, places plantées, étude sur l'art des jardins et arboretum. *Paris*, 1867-1873, 2 forts vol. gr. in-fol., gr. pap. vélin, avec 487 gravures sur bois, 80 sur acier et 23 chromolithographies, dem.-rel. dos et coins de mar. r., fil., non rog. (*Petit*).

511. — ANCELOT (Mme). Un salon de Paris, 1824-1864. *Paris*, 1866, in-12, avec eaux-fortes de Benassit, br.

512. — ANCIEN PARIS. *Paris, Cadart et Luquet*, 1862-64, 3 vol. gr. in-fol., 3 front. et 300 pl. gr. à l'eau-forte par Martial, rel. en percal., non rog.

513. — ARCHIVES DE LA BASTILLE, documents inédits, recueillis et publiés par F. Ravaisson (1659-1772). *Paris*, 1866-1881. 12 vol. gr. in-8, br.

514. — ATLAS GÉNÉRAL DE LA VILLE, des faubourgs et des monuments de Paris, par Jacoubet, architecte, gravé par V. Bonnet et Hacq. *Paris*, 1836, 52 feuilles et plan d'assemblage en un vol. gr. in-fol., dem.-rel. bas.

515. — ATLAS ADMINISTRATIF des 20 arrondissements de la ville de Paris, publ. par ordre de M. Haussmann. *Paris*, 1868, titre et 20 feuilles color. montés sur onglets en toile, en un vol. gr. in-fol., dem.-rel. bas. v.

Ce plan est une reproduction du plan général à l'échelle de $\frac{1}{5,000}$ dressé par les géomètres du service municipal du plan de Paris.

516. — BÉGUILLET. Description hist. de Paris et de ses plus beaux monuments. *Paris et Dijon*, 1779-81, 3 vol. in-8, front. gr., nombr. *figures dess. et gr. par Martinet*, br., non rog.

Exemplaire en bon état, sauf une petite tache, et déchirure dans la marge de quelques feuillets.

517. — BOIS DE BOULOGNE (LE) architectural, recueil des embellissements exécutés dans son enceinte et à ses abords sous la direction de MM. Alphand et Davioud, texte et dessins par Th. Vacquer, architecte. *Paris*, 1860, in-fol. avec 32 planches grav. et chromolithographiées, dem.-rel. mar. vert.

518. — BOITARD ET CH. JOUBERT. Paris avant les hommes, l'homme fossile, histoire naturelle du globe terrestre. *Paris*, 1861, gr. in-8 avec figures, br.

519. — BONNARDOT (A.). Etudes archéologiques sur les anciens plans de Paris, des XVIe, XVIIe et XVIIIe siècles. *Paris*, 1851. — Dissertations archéologiques sur les anciennes enceintes de Paris, suivies de recherches sur les portes fortifiées qui dépendent de ces enceintes, par le même. *Paris*, 1852. — Ensemble 2 ouvr. en 1 vol. in-4, avec plans, dem.-rel. dos et coins en cuir de Russie, non rog.

520. — BONNARDOT (A.). Le pourtraict de l'iconophile parisien, paínct au vif. *Paris*, 1852, in-16, dem.-rel. mar. br. — Etudes sur Gilles Corrozet et sur deux anciens ouvrages relatifs à l'histoire de Paris, par le même. *Paris*, 1848, in-8, pap. vergé, dem.-rel. mar. r., tête dor., non rog. — Ens. 2 vol.

Tirés à petit nombre.

521. — BRICE (Germ.). Nouv. description de la ville de Paris, et de tout ce qu'elle contient de plus remarquable. *Paris*, 1725, 4 vol. in-12, avec de nombreuses fig. gravées, v. marbr.

522. — BUTTE DES MOULINS (LA), avec documents archéologiques et administratifs inédits, par le doct. Moura, eaux-fortes de A.-P. Martial. *Paris*, *veuve Cadart*, 1877, in-fol., pap. vergé de Holl., avec 19 planches représentant 22 sujets grav. à l'eau-forte, dans un carton spécial.

523. — PLAN DE PARIS (commencé sous les ordres de Turgot et achevé en 1739), dessiné par L. Bretez, gravé par Cl. Lucas, et écrit par Aubin. *Paris*, 1740, 21 feuilles en 1 vol. gr. in-fol., v. marbr., dos et plats fleurdelysés, aux armes de la ville de Paris, sur les plats. (*Les feuilles 18 et 19 sont collées sur toile.*)

524. — CAFÉS ET RESTAURANTS DE PARIS. 4 ouvr. en 4 vol. in-12, et in-18, rel. et br.

Les cafés de Paris, ou revue polit., crit. et littéraire des mœurs du siècle, par un flaneur patenté (E. Bazot), *Paris*, 1819, in-18, portr., v. — La table à Paris, mystères des restaurants, cafés et comestibles. *Paris*, 1845, in-16, br. — Histoire des cafés de Paris, extrait des mémoires d'un viveur. *Paris*, 1857, in-18, br. — Les cafés artistiques et littéraires de Paris, par A. Lepage. *Paris*, 1882, in-12, br.

525. — CARICATURES SUR LE SIÈGE et la Commune de Paris. 4 albums ou suites de figures, in-4.

Album du siège, par Cham et Daumier, recueil de caricatures publ. dans le Charivari. *Paris, aux bureaux du Charivari, s. d.*, in-4, couv. illustrée. Album de la Charge, par A. Le Petit, caricatures publ. depuis le 4 septembre. *Paris, aux bureaux de l'Eclipse*, in-4, couvert. illustr. — Les hommes de la Commume, par A. Le Petit. Suite de 16 portr. col., in-4, en feuilles. — Paris bloqué, 24 pl. de caricat., par Faustin, in-4, col. (*Le n° 10 manque*).

526. — CARICATURES SUR LE SIÉGE DE PARIS et la Commune. 5 albums in-4, en feuilles dans des cartons.

Marrons sculptés. *Paris, Duclaux, s. d.* suite de 24 pl. plus le titre, in-4. — La ménagerie impériale. *Paris, Rossignol, s. d.*, suite de 31 pl. color., dans le carton orig. — La Commune, par P. Klenck. *Paris, impr. Talons*, suite de 64 pl., col., dans le carton orig. — Fleurs et fruits et légumes du jour, par Alfr. Le Petit. *Paris, aux bureaux de l'Eclipse, s. d.*, suite de 28 pl. color., in-4, dans le carton orig.

527. — CARICATURES SUR LE SIÈGE DE PARIS et la Commune en 1870-71. Recueil factice de 920 pièces de différents formats, par Draner, Faustin, Pilotell, color., en feuilles.

528. — COLLECTION DES PRINCIPAUX MONUMENTS et vues de Paris et de ses environs. *Paris, Vallardi, s. d.* (vers 1820). Album de 82 figures.

2 titres et un frontispice, gravés par Nyon et Durau, d'après les dessins de Julien, Hédouin et Santi. 2 part. en un vol., in-8, mar. r.

529. — DAUMIER. Les canotiers parisiens. — Pastorales, album. *Paris, au bureau du Charivari*, 2 albums de 20 et 50 pl. de caricatures, couverture impr.

530. — DEBUCOURT. Vue de Paris (barrière des Champs Elisées), pièce gr. in-fol., en largeur, dess. et grav. en couleur par Debucourt.

Belle épreuve, très grande de marge.

531. — DELAMARE. Traité de la police, contenant l'histoire de son établissement, les fonctions et les prérogatives de ses magistrats ; toutes les lois et les réglements qui la concernent, avec une description historique et topographique de Paris, avec plans gravés. *Paris,* 1722-1738, 4 vol. in-fol., v. marb.

532. — DELVAU (Alf.). Dictionnaire de la langue verte, argots parisiens comparés, 2e édit., *Paris,* 1867, in-12, pap. de Holl., br.

533. — DESCRIPTION DE LA VILLE et des faubourgs de Paris, en 20 planches, dont chacune représente un des 20 quartiers, avec un détail exact de toutes les abbaïes et églises, des couvents, communautés, collèges, édifices publics, principaux palais et hôtels, places, rues, etc. *Paris, Jean de La Caille*, 1714, in-fol. fig. v. brun.

534. — DESCRIPTION DE PARIS et de ses édifices, avec un précis historique et des observations sur le caractère de leur architecture par Legrand, architecte, et Landon, peintre. *Paris*, 1818, 4 parties en 2 vol. in-8, avec 120 planches gravées et ombrées, dem.-rel. mar. r., non rogn.

535. — DEVERIA. Dix-huit heures de la journée d'une parisienne. Album de 18 planches en un vol. in-fol., dem.-rel., bas.

536. — DIABLE A PARIS (Le). Paris et les Parisiens, mœurs et coutumes, caractères et portraits des habitants de Paris, tableau complet de leur vie privée, publique, politique, artistique, littéraire, industrielle, etc., par Balzac, Nodier, G. Sand, A. Karr, T. Gautier, Gérard de Nerval, Oct. Feuillet, etc., illustrations par Gavarni, Bertall, etc. *Paris, Hetzel*, 1845, 2 vol. gr. in-8, nomb. fig. dans le texte et hors texte, dem.-rel. mar. violet, avec coins, dos ornés, fil.

537. — DIABLE A PARIS (Le). Paris et les parisiens, à la plume et au crayon, texte par Balzac, Feuillet, G. Sand, Musset, E. Sue, Rochefort, etc. fig. de Gavarni, Grandville, Bertall, etc. *Paris*, 1868, 4 vol. gr. in-8, avec 1,508 gravures dans le texte et hors texte, br.

538. — DORÉ (G). Les différents publics de Paris. *Paris, au bureau du Journal amusant, s. d.* — La ménagerie parisienne. *Paris, au bureau du Journal pour rire, s. d.* 2 albums in-4 obl. de 20 pl. chacun.

539. — DU CAMP (Maxime). Paris, ses organes, ses fonctions et sa vie, dans la seconde moitié du XIXe siècle. *Paris*, 1869-1875, 6 vol. in-8, br.

540. — DULAURE. Histoire physique, civile et morale de Paris, avec notes, par J. L. Belin. *Paris*, 1839, 4 vol. gr. in-8, avec cartes et figures sur acier, dem.-rel., dos et coins de v. rose, non rogn.

541. — EAUX-FORTES SUR PARIS, par C. Meryon. *Paris, impr. Delatre*, 1852, suite de 12 pl. in-fol., dont plusieurs avant la lettre, avec la couverture.

542. — ÉCHO DES SALONS DE PARIS (L') depuis la Restauration ou recueil d'anecdotes sur Bonaparte, sa cour, ses agents, de couplets, chansons, facéties, épigrammes, etc. (par J. T. Verneur). *Paris*, 1814-1815, 2 vol. in-12, br.

543. — ENTRÉE TRIOMPHANTE DE LOUIS XIV et Marie-Thérèse d'Autriche, son épouse, dans la ville de Paris, au retour de la signature de la paix généralle et de leur heureux mariage (par J. Tronçon). *Paris, P. Le Petit*, 1662, gr. in-fol., frontisp. gravé par Chauveau, portrait de Louis XIV grav. avant toute lettre par de Poilly, d'après Mignard, et 22 planches gravées par Marot et Chauveau, d'après Lepautre, dem.-rel., dos et coins de mar. vert.

544. — ENVIRONS DE PARIS (Les), paysage historique, monuments, mœurs, chroniques et traditions, ouvrage rédigé par l'élite de la littérature contemporaine, sous la direction de Nodier et L. Lurine, illustré de 200 dessins par les artistes les plus distingués. *Paris, Boizard et Kugelmann, s. d.* (1844), gr. in-8, avec 28 planches à part, grav. sur bois, dem.-rel. v. fauve. (*Taches de rousseur dans le papier.*)

545. — ETRENNES FRANÇAISES sous le règne de Louis le Bien-Aimé, compr. les monuments mémorables et récents érigés dans la capitale (par l'abbé de Petity). *Paris*, 1769, pet. in-4, figures par S. Aubin et Gravelot, gr. par Duclos, etc., couv. en pap.

546. — FÉLIBIEN ET LOBINEAU. Histoire de la ville de Paris. *Paris*, 1725, 5 vol. in-fol. avec plans, figures et une carte, v. marb.

547. — FEMMES DE PARIS (Les belles) et de la Province, par De Balzac, Th. Gautier, Gérard de Nerval, V. Hugo, J. Janin, etc. *Paris, au Bureau*, 1839-40, 2 part. — Lettres aux belles femmes de Paris et de la Province, par les mêmes. *Paris*, 1840, 200 pag. — Ens. 3 part. en 2 vol. in-8, front. gr., nombr. portr. sur Chine, le 1er volume dem.-rel. v., non rog., le second rel. en v. v., comp., tr. dor.

548. — FLAMENG (Léop.). Paris qui s'en va et Paris qui vient. *Paris, Cadart* (1860), in-fol., titre gr. et 26 eaux-fortes sur Chine, cart. orig.

549. — FOURNEL (V.). Les rues du vieux Paris, galerie populaire et pittoresque. *Paris*, 1879, gr. in-8, avec 165 gravures sur bois dans le texte et hors texte, br., couv. illustrée.

550. — GIRAULT (F.). Les abus de Paris. *Paris*, 1844, gr. in-8, figures de Baron, Emile et Seigneurgens, dans le texte, dem.-rel. v. rose.

551. — GRANDE VILLE (La). Nouveau tableau de Paris, comique, critique et philosophique, par P. de Kock, Balzac, Dumas, Soulié, Gozlan, Briffault, Ourliac, Guinot, H. Monnier, etc., illustrations de Gavarni, V. Adam, Daumier, D'Aubigny, H. Emy, Traviès, Boulanger, Thénot, H. Monnier. *Paris, Maresq*, 1844, 2 vol. gr. in-8, nombreuses vignettes dans le texte, et 29 gravures hors texte, br., couv. impr. (*Taches de rousseur*).

On a joint 2 titres, avec la date de 1845, l'un portant le nom de Balzac, et l'autre celui de Paul de Kock, avec frontispices par Thénot.

552. — GUILHERMY (F. de). Itinéraire archéologique de Paris. *Paris*, 1855, in-12, nombr. fig. gr. par Guillaumot d'après Fichot, dem.-rel., dos et coins de mar. r., tête dor., non rog.

553. — HISTOIRE GÉNÉRALE DE PARIS, collection de documents publiés sous les auspices de l'édilité parisienne. *Paris*, 1866-1881, 20 vol. in-4, cart., non rogn., et 24 feuilles de plans.

Introduction à l'histoire générale de Paris, par Tisserand. 1 vol. — La Seine, le bassin parisien aux âges antéhistoriques, par Belgrand. 1 vol. de texte et 2 vol. de planches sur bois, en chromolithographie et en héliogravure. — Anciens plans de Paris, reproduction en fac-simile des originaux les plus rares. 24 feuilles gr. aigle. — Topographie histor. du vieux Paris, région du Louvre et des Tuileries, 2 vol., — Bourg St-Germain, 1 vol., avec planches. — Plans de restitution, Paris en 1380, par Legrand, dans une rel. boite. — Les armoiries de la ville de Paris, sceaux et emblèmes, devises, couleurs et livrées, par Tisserand,

2 vol. avec fig. dans le texte, 40 pl. hors texte. — Etienne Marcel, prévôt des marchands, par Perrens. 1 vol. — Le livre des métiers d'Etienne Boileau. 1 vol. — Paris et ses historiens aux XIVe et XVe siècles, publ. par Leroux de Lincy et Tisserand. 1 vol. — Les anciennes bibliothèques de Paris, églises, monastères, collèges, etc., par A. Franklin. 3 vol., fig. dans le texte et hors texte. — Le cabinet des manuscrits de la Bibliothèque Nationale, par Léop. Delisle. 3 vol. de texte et un vol. de 50 pl. de fac-simile d'anciennes écritures.

554. — L'HOTEL DES HARICOTS, maison d'arrêt de la garde nationale de Paris, par Alb. de Lasalle. *Paris, Dentu, s. d.*, in-8, écu, avec 70 dessins dans le texte par Ed. Morin, br., couv. imp. et illust.

555. — JAILLOT. Recherches critiques, historiques et topographiques sur la ville de Paris, avec le plan de chaque quartier. *Paris, l'auteur*, 1773-1775, 5 vol. in-8, avec 20 plans gravés, v. marbr.

556. — JANIN (J.). Un hiver à Paris. *Paris, Curmer et Aubert*, 1843, 1 vol. gr. in-8, vignettes sur bois dans le texte et 18 grands sujets tirés à part d'Eug. Lami, grav. sur acier, cart. à la Bradel, avec sa couv. illustrée, ébarbé. — L'Eté à Paris, par le même. *Paris, Curmer, s. d.* (1843), gr. in-8, vignettes dans le texte, 18 grandes figures tirées à part d'E. Lami, grav. par des artistes anglais, dem.-rel. mar. violet, ébarbé. (*Taches de rousseur dans le papier.*)

557. — JOURNAL D'UN BOURGEOIS DE PARIS, sous le règne de François Ier (1515-1536), publ. par Lud. Lalanne. *Paris*, 1854, gr. in-8, br.

Publication de la Société de l'Histoire de France.

558. — JOURNAL D'UN VOYAGE A PARIS en 1657-1658 (par M. M. Devilliers), publ. par P. Faugère. *Paris*, 1862, in-8, pap. vergé, br.

559. — JOURNAL DU CITOYEN (par de Jèze). *La Haye* (*Paris*), 1754, in-8, v. marbr.

Ouvrage curieux et peu commun contenant des détails intéressants sur les institutions pour les sciences et les arts libéraux, sur les finances, sur le commerce, sur les arts et métiers, les voitures publiques, etc., de Paris.

560. — JOURNAL DU SIÈGE DE PARIS, décrets, proclamations, documents officiels, etc., publ. par G. D'Heylli. *Paris*, 1871-1874, 3 vol. gr. in-8, br. — LE MONITEUR PRUSSIEN DE VERSAILLES, journal officiel du comte de Bismarck, publ. par le même. *Paris*, 1872, 2 vol. gr. in-8, br. — Ens. 5 vol.

561. — LARCHEY (Lorédan). Dictionnaire historique, étymologique et anecdotique de l'argot parisien. *Paris*, 1872, in-4, avec figures, br.

Exemplaire sur papier de Hollande.

562. — LAZARE (Félix et L.). Dictionnaire administratif et historique des rues de Paris et de ses monuments. *Paris*, 1844, in-4, fig., dem.-rel. mar. Laval, non rogn.

Exemplaire auquel on a ajouté près de 200 gravures, de monuments et vues de Paris.

563. — LAZARE (Félix et L.). Dictionnaire administratif et historique des rues et monuments de Paris. *Paris*, 1855, in-4, avec 4 plans, dem.-rel. mar. violet.

564. — LAZARE (J.). La Légende des rues. (De Paris), histoire de mon temps, politique, critique et littéraire. *Paris*, 1869-1872, 3 vol. in-12, avec figures et plans color., br.

565. — LEBEUF (L'abbé). Histoire de la ville et de tout le diocèse de Paris, nouv. édit. annotée par H. Cocheris. *Paris*, 1863-1870, tomes 1 à 4 première partie, (tout ce qui a paru), in-8, br.

566. — LEFEUVE. Les anciennes maisons de Paris sous Napoléon III. *Paris*, 1863, 5 vol. pet. in-8 carré, dem.-rel. mar. v., tête dorée, non rogn.

567. — LEFEUVE. Les anciennes maisons de Paris, histoire de Paris, rue par rue, maison par maison. *Leipzig*, 1875, 5 vol. in-12, br.

568. — LIVRE COMMODE DES ADRESSES DE PARIS (Le), pour 1692, par Abraham du Pradel, (Nicolas de Blégny), suivi d'appendices, précédé d'une introduction, et annoté par Ed. Fournier. *Paris*, 1878, 2 vol. in-16, pap. vergé, percal. rouge, non rogn.

De la Bibliothèque Elzevirienne.

569. — LURINE (L.). Les rues de Paris. Paris ancien et moderne, histoire, monuments, costumes, mœurs, chroniques et traditions. *Paris*, 1844, 2 vol. gr. in 8, avec 300 fig. dans le texte et hors texte, rel. toile mosaïque.

570. — MARLÈS (J. de). Paris ancien et moderne, ou histoire de France divisée en douze périodes appliquées aux douze arrondissements de Paris, et justifiés par les monuments de cette ville célèbre. *Paris*, 1837, 3 vol de texte, et atlas in-4, de 133 planches conten. 300 gravures sur acier, dem.-rel. mar. noir.

571. — MAQUET (Aug.). Paris sous Louis XIV, monuments et vues, texte. *Paris*, 1883, in-4, pap. vélin, figures dans le texte et planches hors texte, br.

572. — MARTIAL. Paris intime, notes et eaux-fortes. *Paris*, 1874, in-fol., pap. vergé., texte gr., nombr. eaux-fortes, br.

Tiré à petit nombre. Cet exemplaire porte le n° 72.

573. — MARTIAL. Les boulevards de Paris. *Paris*, 1877, 48 eaux-fortes, in-4, montées sur bristol.

Premières épreuves sur PAPIER DU JAPON.

574. — MEINDRE (J.). Histoire de Paris et de son influence en Europe, depuis les temps les plus reculés jusqu'à nos jours. *Paris*, 1855, 5 vol. in-8, avec 30 gravures sur acier, br.

575. — MÉMOIRES DE BILBOQUET, recueillis par un bourgeois de Paris (M. Alhoy, Taxil Delord, et Ed Texier). *Paris*, 1854, 3 vol. in-12, br.

576. — MÉMOIRES DE GISQUET, ancien préfet de police, écrits par lui-même. *Paris*, 1840, 4 vol. in-8, br.

577. — MÉMOIRES HISTORIQUES et authentiques sur la Bastille, dans une suite de près de 300 emprisonnements, détaillés et constatés par des pièces, notes, rapports, etc., et rangés par époques depuis 1475 jusqu'à nos jours, (par Carra). *Paris*, 1789, 3 vol. in-8, avec une grande planche représentant la Bastille, au moment de sa prise, dem.-rel. bas. marbr.

578. — MÉMOIRES DE VIDOCQ, chef de la police de sûreté, jusqu'en 1827. *Paris*, 1828, 4 vol. — Supplément aux mémoires de Vidocq, ou dernières révélations sans réticence. *Paris*, 1830, 2 vol. — Ens. 6 vol. in-8, portr., dem.-rel. v. fauve.

579. — MÉMORIAL ILLUSTRÉ DES DEUX SIÈGES de Paris, 1870 1871, texte par Lorédan Larchey, avec 320 figures dans le texte. *Paris*, 1872, in-fol., rel. percal. anglaise, plats ornés, tr. dor.

580. — MERRUAU (Ch.). Souvenirs de l'Hôtel-de-Ville de Paris, 1848-1852. *Paris*, 1875, gr. in-8, br.

581. — MONNIER (Henri). Rencontres parisiennes, macédoine pittoresque, croquis d'après nature au sein des plaisirs, des modes, de l'activité, des occupations, etc., dans tous les rangs et dans toutes les classes de la société. *Paris*, *s. d.*, 40 planches coloriées en un vol. in-4 oblong, cart.

582. — NISARD (Ch.). Etude sur le langage populaire ou patois de Paris et de sa banlieue, précédée d'un coup-d'œil sur le commerce de la France au moyen-âge, etc. *Paris*, 1872, in-8, br. — De quelques parisianismes populaires et d'autres locutions non encore ou mal expliquées, par le même. *Gand*, 1873, in-8, br.

583. — NOUVEAU TABLEAU DE PARIS au XIXe

siècle, par H. Martin, L. Gozlan, Paul de Kock, L. Reybaud, Davin, A. Karr, F. Pyat. Balzac, G. Planche, etc. *Paris*, 1835, 7 vol. in-8, percal. anglaise, non rog.

584. — NOUVEAU PARIS (LE), histoire de ses 20 arrondissements, par E. de Labédollière, illustrée par Gust. Doré. *Paris*, 1860, gr. in-8, fig. dans le texte et 21 cartes coloriées, dressées par Desbuissons, br., couv. illustr.

585. — OUVRAGES SUR LE SIÈGE ET LA COMMUNE DE PARIS en 1870-1871. *Paris*, 1870-1871, 6 vol. gr. in-8, avec de nombreuses grav. dans le texte, rel. et br.

Le siège de Paris, par un officier d'état-major. *Paris*, 1871, gr. in-8, dem.-rel. toile. — Journal du siège de Paris, publ. par le *Gaulois*. *Paris*, 1871, gr. in-8, br. — Paris insurgé, par Balathier de Bragelonne. *Paris*, 1872, gr. in-8, dem.-rel. toile. — Hist. de la Commune de Paris en 1871, par de La Brugère. *Paris*, 1872, gr. in-8, dem.-rel. toile. — Hist. de l'insurrection de 1871, par Ed. Montagne. *Paris*, 1872, gr. in-8, br. — La Commune devant les conseils de guerre, comptes rendus des débats. *Paris*, 1871, 2 vol. gr. in-8 en livr.

586. — OUVRAGES DIVERS SUR LA COMMUNE DE PARIS. *Paris*, 1871, 25 vol. in-12, br.

Hist. de la Commune, par Beaumont-Vassy. — Paris sous la Commune, par Noriac. — Guerre des communeux de Paris, par un officier. — La Commune et ses auxiliaires, par L. Dupont. — La Commune, par Fr. Lock. — Le Livre rouge de la Commune, par G. D'Heylli. — Hist. de la Révolution du 18 Mars, par P. Audebrand. — Le 4 Septembre et la Commune, par Andréoli. — Les 73 journées de la Commune, par C. Mendès. — Le dossier de la Commune. — Les Membres de la Commune, par P. Delion. — Journal officiel de la Commune, par Ch. Livet. — Mémoires secrets du comité central et de la Commune. — Hist. de la Commune, par A. Lepage. — Les leçons du 18 Mars, par E. de Pressensé. — Journal de l'insurrection du 18 Mars, par un spectateur. — Hist. critique de la Commune, par G. Morin. — Les hommes de la Commune, biographies par J. Clère. — La Terreur et l'Eglise en 1871, par l'abbé Delmas. — La Commune sanglante, par De La Guéronnière. — Le Pilori des communeux, par H. Morel. — Le second siège de Paris, par L. Hans. — La Commune de Paris, par Ch. Virmaître. — Mon Journal pendant le siège et la Commune, par un bourgeois de Paris. — La Commune, par L. Lechevallier.

587. — OUVRAGES DIVERS SUR LA COMMUNE

de Paris, 1870-1871. *Paris*, 1871-1873, 14 vol. in-8 et in-12, br.

Histoire de la Révolution du 18 Mars, par Lanjalley et Corriez, in-8. — Le fond de la société sous la Commune, par Dauban, gr. in-8, fig. et fac-simile. — Etude sur le mouvement communaliste en 1871, par Lefrançais, in-8. — Les églises de Paris sous la Commune, par Fontoulieu. — Hist. des conspirations sous la Commune, par Dalsème. — Mes souvenirs, par Ch. Beslay. — Croquis révolutionnaires, par Pof. — Affiches des clubs et comités pendant la Commune, par F. Maillard. — Hist. de la presse sous la Commune, par Gagnière. — Journal des journaux de la Commune, 2 vol. in-12. — Décrets et rapports officiels de la Commune. — Les huit journées de Mai, derrière les barricades, par Lissagaray, in-18, dem.-rel. mar. r. — Histoire de la Commune de Paris, par P. Vésinier, membre de la Commune. *Londres*, 1871, pet. in-8.

588. — PALAIS-ROYAL. 4 pièces in-4, gr. par Roger, De La Porte, etc., d'après Testard, etc.

The Palais-Royal (vers 1790), pet. in-4 obl. en bistre, dans le genre de Meunier. — Vue de l'intérieur du Palais-Royal, d'après Testard, gr. en coul. par Roger. — Vue intérieure du Palais-Royal, d'après Meunier, gr. à l'eau-forte par De la Porte, avant la lettre. (*Déchirure dans la marge.*) — Etc.

589. — PALAIS-ROYAL. 4 ouvr. en 4 vol. in-18, figures, rel. et br. (*Ce numéro pourra être divisé.*)

Voyage autour des galeries du Palais-Egalité, par S...e. *Paris, an VIII*, in-18, curieuse fig. par Canu, br., non rog. — Les Soirées du Palais-Royal, recueil d'aventures galantes, publ. par un invalide du Palais-Royal. *Paris*, 1815, in-18, figure, cart. — Le Palais-Royal ou les filles en bonne fortune, coup-d'œil rapide sur les maisons de jeu, les filles publiques, les marchandes de modes, etc. *Paris*, 1826, in-18, gr. figure col., portant comme légende : « Allons, voyons, voulez-vous monter ? » br., non rog. — Etc.

590. — PARKS (The), promenades et gardens of Paris, described and considered in relation to the wants of our own cities, and of public and private gardens, by W. Robinson. *London*, 1869, fort vol. in-8, avec de nombr. fig. dans le texte et hors texte, cart., percaline anglaise, non rog.

591. — PARIS A TRAVERS LES AGES, aspects successifs des monuments et quartiers historiques de Paris, depuis le XIIIe siècle jusqu'à nos jours, restitués par Hoffbauer, architecte, texte par Ed. Fournier, P. Lacroix, A. de Montaiglon, Bonnar-

dot, J. Cousin, Franklin, V. Dufour, etc. *Paris, Didot*, 1875-1882, 2 vol. gr. in-fol., texte impr. sur pap. teinté avec bordure, dentelle, nombreuses grav. dans le texte et 90 planches en chromolithographie et plans hors texte dans 14 cartons en percaline ornée.

592. — PARIS A TRAVERS LES SIÈCLES, histoire nationale de Paris et des Parisiens, depuis la fondation de Lutèce jusqu'à nos jours, par Gourdon de Genouillac, avec une lettre-préface d'Henri Martin. *Paris*, 1879-1882, 5 vol. in-4, avec de nombreuses fig. dans le texte et 418 planches noires et coloriées hors texte, les tomes 1 à 4 en dem.-rel. bas. r., le 5e en livraisons.

593. — PARIS SOUS PHILIPPE-LE-BEL, d'après des documents originaux, et notamment d'après un manuscrit contenant le rôle de la taille imposée sur les habitants de Paris en 1292, publ. par H. Giraud. *Paris*, 1837, in-4, avec 2 plans grav., dem.-rel. v. fauve.

594. — PARIS. 3 vol. in-16, pap. vergé, percal. br., non rog.

Paris au XIIIe siècle, par A. Springer, trad. de l'allem. (par V. Fournel). *Paris*, 1860, 1 vol. — Description de Paris au XVe siècle, par Guillebert. de Metz, publ. par Le Roux de Lincy. *Paris*, 1855, 1 vol. — Les églises et monastères de Paris, pièces en prose et en vers des IXe, XIIIe et XIVe siècles, publ. par H.-L. Bordier.

595. — PARIS. 3 ouvr. en 4 vol. in-8 et in-12, plans, v. marbr.

Le géographe parisien ou conducteur chronolog. et hist. des rues de Paris (par Le Sage). *Paris*, 1769, 2 vol. in-8, plan en 20 ff., v. marbr. — Géographie parisienne en forme de dictionnaire, par Teisserenc. *Paris*, 1754, in-12, v. m. — L'Indicateur Parisien. *Paris*, 1767, in-12, plan, v. m.

596. — PARIS ET SES MONUMENTS, mesurés, dessinés et gravés par Baltar, architecte, avec des descriptions historiques par Amaury-Duval. *Paris*, 1803, in-fol., pap. gr. aigle, avec 100 planches, dem.-rel. mar. vert.

597. — PARIS HISTORIQUE. promenades dans les rues de Paris, par Ch. Nodier, avec les études sur les révolutions de Paris, par P. Christian, orné de 200 vues lithographiées sur pap. de Chine, par A. Regnier et Champin. *Paris*, 1839, 3 vol. gr. in-8, dem.-rel. mar. vert.

598. — PARIS ET SES ENVIRONS reproduits par le daguerréotype, sous la direction de Ch. Philipon, par Arnout, Bayot, Cauchy, Provost, etc. *Paris, Aubert*, 1840, in-4, avec 60 planches, cart. à la Brasa couvert. illustrée et color., ébarbé. (*Taches de rousseur dans le papier.*)

599. — PARIS PITTORESQUE, rédigé par une société d'hommes de lettres, sous la direction de G. Sarrut et Saint-Edme. *Paris*, 1841, 2 tomes gr. in-8, en un vol., avec une fig. sur acier, dem.-rel. mar.vert.(*Taches de rousseur dans le papier.*)

600. — PARIS PITTORESQUE, historique et archéologique, vues générales et particulières, églises, palais, hôtels, maisons, etc., dess. et grav. à l'eau-forte par A. Delaunay. *Paris, chez l'auteur*, 1867, in-fol., titre gr., 73 pl. y compris le feuillet de table, en feuilles, dans le carton orig. illustré.

601. — PARIS DANS SA SPLENDEUR, monuments, vues, scènes historiques, description et histoire, dessins et lithographies, publ. par H. Charpentier. *Nantes* et *Paris*, 1861, 3 vol. gr. in-fol., pap. vél., avec 100 planches imprimées avec teintes, dem.-rel., dos et coins de mar. vert, tr. sup. dor., non rogn. — Paris et ses ruines en mai 1871, précédé d'un coup-d'œil sur Paris de 1860 à 1870, texte par V. Fournel, monuments, vues, scènes historiques, etc., dessinés par les meilleurs artistes, publ. par Charpentier. *Nantes* et *Paris*, 1872, 10 livraisons gr. in-fol., avec 20 planches imprimées à plusieurs teintes en livraisons.

602. — PARIS AU XIXe SIÈCLE, recueil de scènes

de la vie parisienne, dessinées d'après nature par V. Adam, Gavarni, Daumier, Lorentz, Cél. Nanteuil, Devéria, Traviès, etc., avec texte descriptif par Alb. Second, Jaime, E. Pagès, Em. Gonzalès, etc. *Paris*, 1841, gr. in-4, avec 200 vignettes sur bois dans le texte et 43 figures hors texte, dans un large encadrement illustré, en couleur, dem.-rel. mar. r., tr. sup. dor., ébarbé.

603. — PARIS ET LES PARISIENS AU XIXe SIÈCLE, mœurs, arts et monuments, texte, par A. Dumas, Th. Gauthier, A. Houssaye, P. de Musset, L. Enault, illustrations par E. Lami, Gavarni et Rouargue. *Paris, Morizot, s. d.* (vers 1858), gr. in-8, gravures sur acier, dem.-rel. mar. vert, plats toile, tr. dor.

604. — PARIS-COMIQUE, journal illustré par Carlo Gripp. *Paris*, 1er janvier au 4 septembre 1870, 37 numéros en un vol. in-fol., rel. percal. anglaise, non rogn.

605. — PARIS A L'EAU-FORTE, journal d'actualité, de curiosité et de fantaisie, illustré d'eaux-fortes tirées sur papier de Chine et intercalées dans le texte, rédact. Richard Lesclide, direct. des eaux-fortes Fr. Regamey. *Paris, mars 1873 au 19 avril 1874*, 54 livraisons, gr. in-8 br. (La 28e livr. manque.)

606. — PARIS A CHEVAL, texte et dessins par Crafty, avec une préface par G. Droz. *Paris*, 1883, in-4, avec de nombreuses gravures dans le texte et planches hors texte, br.

607. — PARIS PENDANT LE SIÉGE ET LA COMMUNE. Recueil de sept suites d'eaux-fortes de 12 pl. chacune, par Martial, Lalanne, etc., en feuilles.

Paris pendant le siége, notes et eaux-fortes par Martial. *Paris. Cadart*, 12 pl. — Souvenirs artistiques du siége de Paris, eaux-fortes par M. Lalanne. *Ib*. 12 pl. — Paris et ses avant-postes pendant le siége, par L. Desbrosses. *Ib*. 12 pl. — Paris incendié, eaux-fortes par Martial. *Ib*. 12 pl. — Saint-Cloud brûlé, eaux-fortes par Pierdon. *Ib*. 12 pl. —

Autour de Paris après la guerre, eaux-fortes par Yon. *Ib.* 12 pl. — Paris sous la Commune, notes et eaux-fortes, par Martial. *Ib.* 12 pl.

608. — PARIS PENDANT ET APRÈS LE SIÉGE et la Commune, vues des monuments et des barricades. Recueil factice de 70 pl. dont 50 photograph. par Disderi, etc., et 20 lith., la plupart montées.

609. — PARISIENNES (Les), par A. Grévin et A. Huard. *Paris, s. d.* (vers 1875), 100 livraisons avec types et charges en couleur, en un vol. in-4, cart. percal., non rogn.

610. — PETIT-PARIS, par les auteurs des mémoires de Bilboquet, (M. Alhoy, T. Delord, E. Texier). *Paris*, 1854, 15 vol. in-18, br.

Paris. — Avocat. — Boursier. — Grisette. — Faublas. — Viveur. Restaurant. — Journaliste. — Actrices. — Médecin. — En omnibus. — Saltimbanque. — Mariage. — En voyage. — Bohême. — Lorette.

610 *bis*. PARIS-VIVANT, par des hommes nouveaux. *Paris*, 1858-1861, 17 vol. in-18 br.

La Plume. — Le Théâtre. — Le Million. — Le Prêtre. — Le Soldat. Le Génie. — Le Pinceau. — Le Mariage. — La Fille. — La République des lettres. — Le Cheval. — Le Trucqueur. — Le Savant. — Le Drame. — Le Grand Monde. — Le Retour d'Italie. — Le Gandin.

611. — PHYSIONOMIES PARISIENNES. *Paris*, 1868, 10 vol. in-18, avec fig. de Bertall, Benassis, Grévin, Hadol, etc., br.

Cocottes et petits crevés, par E. Siebecker. — Le journal et le journaliste, p. E. Texier. — Restaurateurs et restaurés, p. E. Chavette. — Acteurs et actrices, par Ch. Monselet. — Floueurs et floués, par A. Paul. — Le Bohême, par G. Guillemot. — Industriels du macadam, par E. Frébault. — Commis et demoiselles de magasin, par X***. — Artistes et Rapins, par L. Leroy. — La Parisienne, par P. Perret.

612. — PIGAL. Recueil de scènes populaires. *Paris, Martinet, s. d.*, suite de 50 pl. color., plus le titre, in-4, dans un carton.

613. — PIGANIOL DE LA FORCE. Description de Paris, de Versailles, de Marly, de Meudon, de St-Cloud, de Fontainebleau, et de toutes les autres belles maisons et châteaux des environs de Paris.

Paris, 1742, 8 vol. in-12, avec figures et plans, v. marbr.

614. — POLICE DE PARIS. 5 ouvr. en 10 vol. in-8, dem.-rel. bas. et 1 vol. in-8, br.

La police de Paris dévoilée, par P. Manuel. *Paris, an II*, 2 vol.in-8. frontisp. grav., dem.-rel. — Le livre noir de Delavau et Franchet ou répertoire alphabétique de la police politique, sous le ministère déplorable. *Paris*, 1829, 4 tomes en 2 vol. in-8, dem.-rel. — La police dévoilée, depuis la Restauration et notamment sous Franchet et Delavau, par Froment. *Paris*, 1829, 3 vol. in-8, dem.-rel. — Mémoires tirés des archives de la police de Paris, pour servir à l'histoire de la morale et de la police, depuis Louis XIV jusqu'à nos jours, par J. Peuchet. *Paris*, 1838, 6 tomes en 3 vol., dem.-rel, v. bl. — Biographie des préfets de la police en France et de ses principaux agents, par B Saint-Edme. *Paris*. 1829, in-8, br.

615. — POLICE DE PARIS. 4 ouvr. en 4 vol. in-8 et in-12, rel. et br.

La police de Paris, de ses abus, etc., par Claveau. *Paris*, 1831, in-8, br, — Histoire de la police de Paris. par H. Raisson. *Paris*, 1844,in-8, cart. — Biographie des commissaires de police et officiers de paix de la ville de Paris, par Guyon. *Paris*, 1826, in-8, br. — La police pendant la Révolution et l'Empire. *Paris*, 1864, in-12, br.

616. — PRISONS DE PARIS (Les), histoire, types, mœurs, mystères, par Maurice Alhoy et L. Lurine. *Paris*, 1846, gr. in-8, figures dans le texte et hors texte, dem.-rel., dos et coins de mar. noir. (*Taches de rousseur dans le papier.*)

617. — PRUDHOMME. Révolutions de Paris. *Paris*, 12 juillet 1789 au 28 février 1794, 225 numéros,précédés d'une introduction à la Révolution en 17 vol. in-8, avec frontisp., figures et cartes, dem.-rel.bas. marb.

618. — PRUDHOMME. Miroir historique, politique et critique de l'ancien et du nouveau Paris, et du département de la Seine. *Paris*, 1807, 6 vol. in-18, avec 116 gravures, bas. racine.

619. — QUARANTE-HUIT HEURES DE GARDE au château des Tuileries, pend. les journées des 19 et 20 mars 1815, par un grenadier de la garde

nationale (Alex. De La Borde). *Paris*, 1816, in-4, pap. vélin, front. par Chasselat, figures par De La Borde, gr. par Couché, dem.-rel. v. bl.

On a ajouté à cet exemplaire 10 portraits et figures, parmi lesquels le portrait de Miss Beffin, peintre en miniature, née sans mains, lith. par H. Grevedon, avant la lettre, etc.

620. — RECUEIL DE 93 VUES de monuments de Paris et des châteaux de Versailles, Fontainebleau, Chantilly, St-Cloud, Chambord, Richelieu, etc., et quelques vues de Rome, dessinés et gravés par Perelle à l'adresse de Poilly, Langlois, etc., à Paris, en 1 vol. pet. in-fol. obl., dem.-rel. v. f.

Très bonnes épreuves. Les 10 planches suivantes sont avant la lettre : 1° L'Ile Notre-Dame ; 2° La Place Dauphine ; 3° La Salpêtrière ; 4° Maison de l'archevêque de Paris à Conflans ; 5° Château de Liancourt ; 6° et 7° Château de St-Germain-en-Laye, 2 vues ; 8° Ménagerie de Versailles ; 9° Fontaine dorée à Versailles ; 10° L'Ile d'amour à Versailles.

621. — RECUEIL FACTICE DE VUES de Paris et des châteaux de France, dessinées et gravées par Perelle, etc., à l'adresse de N. de Poilly, à Paris. 112 pl. dont 106 de Perelle, en 1 vol. in-fol. obl., dem.-rel. vél.

Dans ce recueil se trouvent plusieurs vues des monuments de Paris, et des châteaux de Versailles, Fontainebleau, Chantilly, S. Germain-en-Laye, etc., etc.

622. — RECUEIL FACTICE DE CARICATURES sur les mœurs, etc. de Paris, par Wattier, Traviès, Pigal, Bouchot, etc. 58 pièces dont 4 avant la lettre, in-fol. et in-4, la plupart color., en feuilles.

Heures de Paris, par Wattier, 9 pièces diverses in-4, col. — Mœurs parisiennes, par Pigal, 5 pièces diverses in-4, col. — Scènes familières, par le même, 2 pièces col., etc.

623. — RECUEIL DE CARICATURES sur les mœurs de Paris, par Delarue, Ch. Philippon, Bourdet, Cornille. 47 pièces in-4, la plupart col.

Tableau de Paris, par Delarue, 15 pl. diverses. — Tribulations du commerce, par Ch. Philippon, 2 pièces. — Compensations, par le même, 2 pièces. — Les contretems. (*Paris*), *lith. de Villain*, 2 pièces. — Classique, Romantique, par Bourdet. 1 pièce. — Un coup de vent, par Martigny. 1 pièce. — Un café, par Champion. 1 pièce.

624. — RECUEIL DE CARICATURES sur les mœurs et les modes de Paris au commencement du siècle, y compris une collection de caricatures sur les événements de Louis-Philippe, par Gavarni, Cham, Doré, etc. — Ens. 110 pièces montées dans 2 cahiers in-fol.

Effet merveilleux des bretelles. — Cage ouverte ou le désordre dans l'atelier du peintre. — Nouvelle manière d'essayer les culottes de peau. — Effet merveilleux des lacets. — Ens. 4 pièces pet. in-4 obl. col., à l'adresse de Basset, à Paris. — Caricatures parisiennes. (Désagrément des parapluies ; Les invisibles en tête à tête). Ens, 2 pièces à l'adresse de Martinet à Paris, pet. in-4 obl. col. — Grand chemin de la postérité (représentant les littérateurs et artistes de l'époque, parmi lesquels V. Hugo, T. Gautier, Rachel. Duprez, etc.), suite de 3 pièces à l'adresse d'Aubert, in-fol. obl. — Trente-six caricatures par Gavarni, Cham, Lorentz, etc., à l'adresse d'Aubert à Paris, parmi lesquels 17 planches de la suite des Lorettes, 2 planches des Caricatures du Jour (dont le n° 98 représentant V. Hugo), etc., coloriées. — Diverses caricatures par Doré, Cham, etc., sur la Révolution de 1848, etc.

625. — RICHOMME (Fanny). Paris monumental et historique, depuis son origine jusqu'à 1789. *Paris, s. d.* (vers 1846), gr. in-8, fig. dans le texte et gravures hors texte de costumes color., rel. toile, dos et plats ornés, tr. dorées.

626. — SAINT-VICTOR (J.-B. de). Tableau historique et pittoresque de Paris, depuis les Gaulois jusqu'à nos jours. *Paris*, 1822-1827, 4 tomes en 8 vol. in-8 et atlas de 214 planches gravées, in-4, dem.-rel. v. fauve.

627. — SAUVAN ET SCHMIDT. Histoire et description pittoresque du Palais de Justice, de la Conciergerie et de la Sainte Chapelle de Paris. *Paris, Engelmann*, 1825, in-fol., nombr. pl. s. Chine, dem.-rel. mar. n.

628. — SCHOLL (Aur.). La Foire aux artistes, petites comédies parisiennes. *Paris, Poulet-Malassis*, 1858, in-12 carré, br.

629. — SIÈGE DE PARIS, 1870-1871. *Paris*, 1871-1872, 16 vol. in-12, br.

Le siège de Paris, par Fr. Sarcey. 1 vol. — Chronique du siège de Paris, par Fr. Wey. 1 vol. — Paris livré, par G. Flourens. 1 vol. — L'Hôtel de Ville pendant le siège, par Et. Arago. 1 vol. — Tablettes d'un mobile, journal du siège de Paris, par de Villiers et de Targes. 1 vol. — La science pendant le siège de Paris, par E. St-Edme. 1 vol., fig. — Pour la vérité et pour la justice. — La politique et le siège de Paris, pétitions à l'assemblée par le général Trochu. 2 vol. — Paris et les Allemands, par Du Mesnil. 1 vol. — En ballon pendant le siège de Paris, par G. Tissandier. 1 vol. — Paris pendant le siège, par A. Henryot. 1 vol. — Les caravanes d'un chirurgien d'ambulances, par le Dr Joulin. 1 vol. — Mémorial du siège de Paris, la guerre civile et la commune de Paris, par D'Arsac. 2 vol. — Le siège de Paris et la défense nationale, par Edgar Quinet. 1 vol. — La résistance, les maires, les députés de Paris, du 18 au 26 mars, par F. Damé. 1 vol.

630. — SÉJOUR DE PARIS, c'est-à-dire, instructions fidèles pour les voiageurs de condition, durant leur séjour à Paris, comme aussi une description de la Cour de France, des Académies, bibliothèques, etc., avec une liste des plus célèbres savans, artisans, etc., par J. C. Nemeitz. *Leide*, 1727, 2 vol. pet. in-8, plan, nombr. figures par Philipps, v. gr., fil.

631. — SOUVENIRS DU VIEUX PARIS, exemples d'architecture de temps et de styles divers, 30 vues dessinées d'après nature par Turpin de Crissé, avec notices historiques et descriptives, par la princesse de Craon, la comtesse de Meulan, etc. *Paris*, 1835, in-fol., avec 30 planches, dem.-rel. v. brun, non rogn.

632. — TABLEAU DE PARIS (par Mercier). *Amsterd.*, 1782-1788, 12 vol. in-8, fig., dem.-rel., dos et coins de bas. marb.

Exemplaire avec la suite des 96 fig. et un frontispice de Dünker grav. à l'eau-forte.

633. — TABLEAUX DE PARIS. *Paris, Marlet, s. d.*, 12 livrais. in-4 obl., nombr. lithographies par Marlet, etc., couvertures illustrées. (*Livraisons I à XII seules*).

634. — TABLEAU DU NOUVEAU PALAIS-ROYAL (attribué à Mayeur Saint-Paul). *Londres et Paris*, 1788, 2 tom. en 1 vol. pet. in-12, dem.-rel.

Exemplaire avec les deux figures qui manquent souvent. Elles se déploient et représentent l' « ancien » et le « nouveau Palais-Royal. »

635. — TEXIER (Edm.). Tableau de Paris. *Paris*. 1852, 2 tomes ornés de 1500 grav. sur bois intercalées dans le texte, en un vol. in-fol., rel. toile mosaïque, tr. dorées.

636. — THIÉRY. Guide des amateurs et des étrangers voyageurs à Paris ou description raisonnée de cette ville. *Paris*, 1787, 2 vol. in-12, nombr. figures, v. écaille, dent. — Almanach du voyageur à Paris, par T.. (Thiéry). *Paris*, 1783, in-12, v. marbr. — Ens. 2 ouvr. en 3 vol.

637. — TOPOGRAPHIE DE PARIS au XVIIe, XVIIIe et XIXe siècles. Recueil factice de plus de 1,000 plans, vues de monuments, de divers formats, en liasses.

Vue de Paris, prise de Chaillot, par L. Zechender, in-fol. obl. col. — Vues de monuments de Paris, d'après Courvoisier gr. par Dubois, etc. 43 pl. in-fol. obl. col. — Eglise Sainct-Germain, dit de l'Auxerrois, à l'adresse de Mariette à Paris, in-4 obl. — Panorama de Paris, pris de la tour carrée de S. Gervais, en 2 feuilles gr. in-fol. obl. d'après Noel gr. par Sabatier, et col. — Physionomie du vieux Boulevart du Temple de 1825 à 1840, in-fol. obl., lith. par Hoster. — Paris en miniature, par Arnout. 3 pl. — Erection de l'obélisque du Luxor le 25 oct. 1836, in-fol. obl., lith. par Jung. — Vues de Paris et ses environs en ballon, lith. par Chapuy, in-fol. obl., etc., etc.

638. — TOUCHARD-LAFOSSE. Histoire de Paris, composée sur un plan nouveau. *Paris*, 1834, 5 vol. in-8, avec figures sur acier, dem.-rel. mar. violet.

639. — TOUCHARD-LAFOSSE. Histoire de Paris, ses révolutions, ses gouvernements et ses événements, règne des grands hommes de France, suivi des environs de Paris et de la description des vieux châteaux, monuments, abbayes, etc. *Paris*, 1853, 6 vol. gr. in-8, avec figures sur acier, br.

640. — TOUR THROUGH PARIS (A). *London*,

Sams (1822), in-4, pap. vélin, *21 pl. tirées en coul.*, dem.-rel. dos et coins de v. r.

641\. — VACHON (Marius). L'ancien Hôtel-de-Ville de Paris, 1533-1871. *Paris, Quantin*, 1882, gr. in-4, pap. vél., avec 124 grav. dont 23 hors texte sur pap. de Holl., donnant la reproduction des œuvres d'art, br.

642\. — VERNIQUET. Atlas du plan général de la ville de Paris, levé géométriquement, divisé en 72 planches compris les cartouches et plan des opérations trigonométriques, dessiné et gravé par Bartholomé et Mathieu. *Paris, an IV*, gr. in-fol., dem.-rel. bas.

643\. — VÉRON (Le Dr). Mémoires d'un bourgeois de Paris, comprenant : la fin de l'Empire, la Restauration, la Monarchie de Juillet, la République, jusqu'au rétablissement de l'Empire. *Paris*, 1853-1855, 6 vol. in-8 et une brochure complémentaire, br. — Nouveaux Mémoires d'un bourgeois de Paris, par le même. *Paris*, 1856, in-8. — Ens. 7 vol., br.

644\. — VIE PARISIENNE (LA), dirigée par Marcelin. Mœurs élégantes, choses du jour, fantaisies, voyages, théâtres, musique, modes. *Paris*, 1re année, 1863 à 1865, 3 vol. gr. in-4, dem.-rel. ; année 1866, 25 numéros divers ; 1867, 1868, 1869, années complètes ; 1870, nos 1 à 37, en livraisons.

Les nos 46 et 49 de 1869 manquent.

645\. — VIEUX PARIS (LE), reproduction des monuments qui n'existent plus dans la capitale, d'après les dessins de Pernot, lithographiés par Nouveaux et Asselineau. *Paris*, 1839, in-fol. avec 79 planches, dem.-rel. bas. viol.

646\. — VOYAGE DE LISTER A PARIS EN 1698, traduit pour la première fois, par Ernest de Sermizelle, on y a joint des extraits des ouvrages d'Evelyn relatifs à ses voyages en France de 1648 à 1661.

Paris, pour la société des bibliophiles, 1873, gr. in-8, pap. vergé de Holl., avec une fig. grav. à l'eau-forte, br.

647. — VOYAGE AUTOUR DU PONT-NEUF, par J. Rosny. *Paris*, 1802, in-18, br. — Voyage autour du Pont-Neuf et promenade sur le quai aux fleurs, par Rossignol, Passe-partout. *Paris*, 1824, in-18, figure, br. — Ens. 2 vol.

648. — VOYAGE AUTOUR DES GALERIES DU PALAIS EGALITÉ, par S....e. *Paris*, an VIII, in-18, curieuse fig., par Canu, br., non rogn. — La revue de l'an VIII ou les originaux du Palais-Egalité. *Paris*, 1800, in-18, vue du jardin du Palais Royal, par Canu, br., non rogn. — Ens. 2 vol.

649. — VUES D'OPTIQUE (Recueil de 162 pl. col. de) gr. par Moithey, etc. et publ. à Paris chez Mondhare, Chéreau, etc. Vers 1760, en 1 vol. in-fol. obl., v.

Ce recueil comprend un grand nombre de vues des monuments de Paris, des châteaux de France, etc., dont : Vue perspective du sallon de l'Académie royale, de peinture et de sculpture au Louvre.— Perspective des illuminations de la rue de la Ferronnerie à Paris à l'occasion de l'heureuse convalescence de S. M., en 1745. — Le Pont Notre-Dame de Paris. — Le chœur de l'église de l'Abbaye de Port-Royal des Champs. — Cathédrale de Rouen. — Vue des jeux tournois dans le manège du duc de Bavière., etc.

650. — VUES DE PARIS et de ses monuments. Recueil factice de 48 pièces par Israel Silvestre, Callot, Rigaut, etc., de divers formats (*Ce numéro pourra être divisé*).

Vue du grand couvent des Augustins, par I. Silvestre. *Israel excud.* in-4, obl. — La Tour de Nesle. *Callot fec.*, pet. in-fol. obl. — Autre vue, partie de Paris prise du milieu du Pont-Neuf, dess. et grav. par Rigaut, in-fol. obl., etc. — Vue de Notre-Dame, d'après Testard, gr. en coul., par Lecampion, petit in-4, obl. — Le moment d'hilarité universelle, ou le triomphe de Charles et Robert (aérostates) au jardin des Tuileries, le 1er oct. 1783, pièce in-4, obl., gr. par H. G. Bertaux. — La Bastille, 1789, dess. par Gudin, grav. par Borgnet, pet. in-fol. obl. — Tombeau de J.-P. Marat, d'après Pellement, grav. par Née. — Vue de la cour du Louvre prise pendant l'Exposition des produits de l'Industrie française, l'an IX, in-fol., dess. et gr. par Baltard.— Vue de divers monuments de Paris, 9 pl. in-fol. obl., dess. et grav. par Gaitte, dont 8 avant la lettre. — Pont des Tournelles. — Palais-Bourbon. — Arsenal et Poudrière de Paris. 3 pièces in-fol. gr. à l'eau-forte, dans le genre de Boissieu avant la lettre, non rogn, etc.

651. — VUES DES MONUMENTS DE PARIS d'après Durand, Testard, gravées en couleur par Janinet, Lecampion. Recueil de 22 pièces dont 20 gr. par Janinet, pet. in-fol. et in-4, la plupart montées sur Bristol.

Palais de justice. — Première vue du Louvre. — Cour du Louvre. — IIe vue des Tuileries. — Palais Royal, 2 pièces. — La place Vendôme. — Place Louis XV. — Palais-Bourbon. — Hôtel des Invalides, 2 vues. — Hôtel des monnaies, 2 vues, dont la seconde en double avant la lettre, 3 pièces. — Val de Grâce, 2 vues. — Hospice de Saint-Jacques du Haut-Pas. — Intérieur de l'église de la Sorbonne. — Intérieur de la paroisse Saint-Philippe-du-Roule. — Maison de M. Alexandre, rue de la Ville-Lévêque. — Notre-Dame de Paris, d'après Testard, gr. par Lecampion. — Vue du Palais de Justice, d'après Testard, gr. par Lecampion.

652. — VUES DE PARIS et de ses environs, dessinées par Bacler d'Albe, lithog. par Villain. *Paris* (vers 1830). 48 planches en un vol. in-fol., oblong, dem.-rel., bas. v.

653. — VUES DES PLUS BEAUX ÉDIFICES publics et particuliers de la ville de Paris, dessinées par Durand, Garbizza et Mopillé, architectes, gravées par Janinet, Chapuis, etc. *Paris, s. d.* (vers 1810), in-4, oblong, de 89 planches y compris le titre frontispice gravé, dem.-rel., bas. r.

654. — VUES DE PARIS, dessinées d'après nature et lith. par Benoist et Jacottet. *Paris*, *Monrocq*, *s. d.* 39 planches in-fol., cart. et en feuilles.

ORDRE DES VACATIONS

Première Vacation : Mercredi 30 mars.

Beaux-Arts, Estampes, Livres à figures, etc.
Nos *1 à 158.*

Deuxième Vacation : Jeudi 31 mars.

Estampes, Modes, Livres à figures, etc.
Nos *159 à 324.*

Troisième Vacation : Vendredi 1er avril.

Estampes, Livres à figures, Théâtre, etc.
Nos *325 à 479.*

Quatrième Vacation : Samedi 2 avril.

Iconographie théâtrale, Histoire de Paris, etc.
Nos *480 à la fin.*

TABLE DES MATIÈRES

PREMIÈRE PARTIE

CONDITIONS DE LA VENTE

Le Libraire-Expert se réserve la faculté de diviser ou de réunir les livres et estampes détaillés et groupés au Catalogue, selon qu'il le jugera utile dans l'intérêt de la vente.

Les livres sont réputés complets et vendus comme tels. L'exposition mettant chacun à même de juger de l'état relatif des exemplaires, il ne sera repris aucun article pour taches, piqûres et autres défectuosités. — Les articles qui seraient notoirement incomplets, seront seuls admis à rapport, et ce dans les vingt-quatre heures de l'adjudication. Les estampes ne seront pas reprises pour taches, déchirures, faiblesse d'épreuves ou manque de marges.

Les acquéreurs payeront, suivant l'usage, 5 %, en sus des enchères.

La vente a lieu *expressément au comptant*, pour compte des héritiers. Nous ne sommes qu'intermédiaire entre les vendeurs et les acheteurs. En conséquence, nous prions MM. les Amateurs qui nous enverront des ordres, de vouloir bien nous régler leurs achats à bref délai, en dehors de tout autre compte courant avec notre maison. — Pour les acheteurs qui ne se conformeraient pas à cet avis, nous ferons opérer le remboursement des bordereaux par la poste ou toute autre voie, avec addition des frais de recouvrement.

La **Librairie A. Claudin** se chargera des commissions des personnes qui ne pourraient assister à la vente, moyennant la commission d'usage. — Les acheteurs du dehors, qui nous confieront leurs ordres, et qui désireraient que leurs acquisitions fussent soigneusement collationnées avant l'expédition, devront payer un droit supplémentaire équivalant au temps passé pour cette opération entièrement distincte de la commission.

DOLE. — TYP. CH. BLIND.

RED. :

14

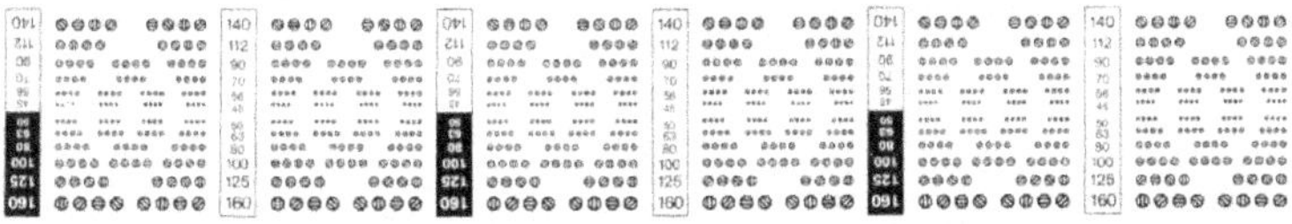

www.ingramcontent.com/pod-product-compliance
Lightning Source LLC
LaVergne TN
LVHW020327230826
846091LV00003B/785

* 9 7 8 2 3 2 9 2 4 7 3 3 5 *